诗海寻梦

滕远渊　主编

团结出版社

图书在版编目（CIP）数据

诗海寻梦 / 滕远渊主编. --北京：团结出版社，
2020.7
ISBN 978-7-5126-8000-5

Ⅰ．①诗… Ⅱ．①滕… Ⅲ．①诗集—中国—当代
Ⅳ．①I227

中国版本图书馆 CIP 数据核字（2020）第 103306 号

出　　版：团结出版社
　　　　　（北京市东城区东皇城根南街 84 号　邮编：100006）
电　　话：（010）65228880　65244790
网　　址：http://www.tjpress.com
E-mail：65244790@163.com
经　　销：全国新华书店
印　　刷：武汉楚商印务有限公司
装　　订：武汉楚商印务有限公司

开　　本：185mm×260mm　16 开
印　　张：13
字　　数：210 千字
版　　次：2020 年 7 月第 1 版
印　　次：2020 年 7 月第 1 次印刷

书　　号：978-7-5126-8000-5
定　　价：78.00 元

目录

【1】

刘兴秀，女（1965—）笔名紫竹滴水，居北京。曾任国家级全国公开发行科技期刊副主编。完成西藏散文游记《云天之冠》（国家图书馆收藏图书）。2014年在"搜狐原创"（签约作者）发表散文小说《童年，万花筒》。2018年于《人民网–欧洲网》、《光明网》、《今日头条》、《国际日报》等多家媒体发文："《云天之冠》—紫竹滴水的西藏旅程"、"《云天之冠》—紫竹滴水拂去西藏神秘的面纱"、"几度梦回西藏，聆听紫竹滴水"，介绍紫竹滴水所著《云天之冠》一书及紫竹滴水的西藏旅程。诗集《少女情怀》（团结出版社）即将刊印出版。紫竹滴水早在上世纪80年代在省级日报发表过诗作。曾在《人民日报》新闻函授一年。目前，主要在"紫竹滴水的搜狐号"、"紫竹滴水"公众号自媒体写文。

西藏，信仰的天堂（外一首）

文/刘兴秀

嗡嘛呢叭咪哄————
千年的布达拉千年的灵塔
雪域高原的老阿妈 摇啊摇 摇啊摇
转经筒传承世代的信仰
守护雪域信仰之花在神山神湖盛放
盛放
千年大昭寺千盏酥油灯亮
茫茫雪山草原上的老阿爸 叩啊叩 叩
啊叩

一路长叩，叩拜到拉萨
守护雪域信仰之花在神山神湖盛放
盛放
嗡嘛呢叭咪哄————
西藏，信仰的天堂 天堂

我就是你天底下的那只蛙

我就是那只蛙
我愿意就是你那片天底下的那只蛙
在清泉汩汩干冽的绿箕箕青苔的井檐
望着四季走过白云依依阳光灿烂
雪花飘舞笑脸的那一片天光
你，就是那一片天
我，愿意、愿意仰望有你的那一片天
我更愿意就是那一只蛙
————我知道，天其实很大
浩瀚宇宙渺渺遥远

而一只蛙
一个生命头顶并不需太大的天
风雨之中只需要一把伞
你，就是我生命中的那把伞
撑起我生命的蓝天
仰望星空时，它灿烂，风雨之后，大
雁和鸣漫步云天
蛙，在井中安澜
我，只需仰望你在的那一片天
此时，这只蛙，幸福的蛙
何需在乎天究竟有多大
你有多大，天就是多大
你的天就是我的井
我就是你井底下的那只蛙

一只幸福的井底之蛙
有爱的蛙------

【2】

杨宝凤，女（1971—）笔名：小人
物、若兰。生于天津市蓟州区，系教师职
业。一个热爱生活潇洒自在的女子。喜欢
用文字记录生活中的点点滴滴。作品散见
于网络平台，2019年8月被《草根诗集》
收录，荣获优秀诗歌创作奖。

如果有来世（外一首）

文/杨宝凤

如果有来世，
我愿做一只自由飞翔的小鸟
翱翔在广阔的蓝天上
即使有暴风骤雨
即使有随时丧命的危险
我依然可以振动我的双翅
控制我自由的方向

如果有来世
我愿做一条深海里的鱼
遨游在碧蓝的大海里
看珊瑚的娇
赏海草的美
即使有丧命鱼口的风险
我依然滑动鱼鳍
奔向我自由的深海

如果有来世
我愿做一棵沙漠里的胡杨
屹立在坚实的土地上
看风沙漫漫
观日升日落
一半在土里安详
一半在风中摇曳
把余下的岁月
站立成永恒

如果有来世
我愿做一朵天边的白云
抬头可以呼吸最清新的空气
每日随风摇曳
飘来匆匆
飘去匆匆
与太阳游戏
和雨儿打趣

如果有来世
我愿做一棵路边的小草
晨迎朝阳
暮接落日
看尽这世间的悲欢离合
固守着自己的一片天地
与世无争
傲立于天地之间

如果有来世
我愿……

2019.1.1夜

美冬

有人喜欢百花争艳的春天
有人喜欢雨丝飘飘的夏天
有人喜欢瓜果飘香的秋天
但我更喜欢白雪皑皑的冬
冬是静逸的
冬是含蓄的
繁华落尽才显本色
芳香过后才露真容
让我们相约在冬季
袒露最真实的情感
给对方以真诚的拥抱
为寒冷的冬增添一抹亮色
让我们相约在冬季
以最朴素的情怀
品最真实的味道
让我们相约在冬季
一起等待那繁花似锦的春

2019.1.9晨

【3】

袁天圆，女（1992—）出生地北京。毕业于东南大学法学院。某国企法务部工作。爱好诗歌，创意设计等。

生命启示（外一首）

文/袁天圆

生命似蓓蕾初绽，给予人们无限对美好的渴望
她梦想受到万物的熏陶，生命因渴望而美丽
生命似火热的太阳，所温暖普照大地
照亮了我们心灵的黑暗的角落，生命因光明而美丽
生命似一则则寓言，那富有哲理的诗篇
给人们永远的启迪，生命因传播真理而美丽
生命似秋菊傲霜，在逆境中昂然挺立
不会因为伤痛而灰心，生命因不屈而美丽
生命似腊梅，在舒适的春风中不愿享受美景
到了百花败絮时，她开始酝酿发芽
在残酷的冬天散发傲气，生命因独特而美丽
生命是父母的赐予，生命是爱的结晶
看到那一双充满慈爱的眼睛，这才领悟，生命因爱而美丽！
生命时而惊险，时而平庸，时而饱满，时而干瘪，时而脆弱，时而刚强
生命的味道容你品尝，酸甜苦辣
生命的险峰容你攀登，扑朔迷离
生命的音乐容你聆听，真善美
生命的画笔容你涂抹，七彩斑斓
你为何不去感受生命，去感受她无穷的魅力----

我爱这土地

假如我是一只鸟

我渴望用轻盈的翅膀飞翔
在浮云涂抹的天际
这永远激荡着我们喜悦的浪花
这隐约着的灿烂的青涩的笑颜和来自
纯真世界无比潇洒的峰芒
于是我轻快地飞扬
连灵魂也能自由地勾落这青春的轨迹

为什么我的脚下层层的欢歌，因为这
土地爱得我深沉
啊，母亲，你爱得我是那样的深沉，
那爱托起了我原本笨重的翅膀
于是我轻快地飞扬----

【4】

艾尔提肯，男（1981—）原名：阿巴
白克力·吐合提，生于鄯善县鲁克沁镇吐
格曼博依村。系吐鲁番市鄯善县鲁克沁镇
第一中学教师，吐鲁番市翻译协会会员。
2004年毕业于新疆喀什师范学院语言系。
从小爱好文学，在吐鲁番日报、中心亚日
报、中爱网、草叶诗人纸刊、东方诗歌等
刊物，及网络诗歌平台发表过抒情诗。
2019年开始用国家通用语言写诗。

喜欢红色（外一首）

文/艾尔提肯

东方升起了红太阳
照射着神圣的阳光。
心向往着它

没有丝毫的犹豫和彷徨。
它养育着56朵花。
它就是那些花
辛福的温床。

红太阳照射着红光。
使我们变得更红
国旗是红的
心也是红的
为伟大事业付出的心血，
对美好生活的心愿也是红的

我喜欢红色的愿望
红色就是吉祥！

在田野闻到你的气息

我带着思念的折磨
分离的伤感
来到见证爱恋的老地方。
幽静的夜色里
你我靠近的、近的老桑树
无比寂寞彷徨。
我的身子在哪里来回走动
对充满孤独的老地方
倾诉爱者的爱意
因思念而产生的忧伤。
突然间神话似得闻到了你的气息
我的心灵
甜蜜的感觉和忧伤之间彷徨。
他多么神气
多迷人
多么让人陶醉

它给我的忧伤的灵魂
给予永恒的希望。
因爱
因为有你
我会更加坚强。

来吧 亲爱的姑娘
别让我悲伤
爱给我的黑暗，冰凉的心
带来了最温暖的春光。

【5】

徐军，男（1958—）汉族，江苏省兴化市人。热爱读书及诗歌文学写作。85年下岗，做按摩师至今。喜欢中医、练习武术，创古今中外唯一的一套推拿系统《横推法》，《横推法》一文，于2010年1月，在《按摩与康复医学》上发表。

徐军/诗四首

蚕功

站若空竹坐守真，熊经鸟伸吐纳新。
隔膜升降节如蛹，气血回旋似蚕行。

学画

风烛残年窝在家，重拾四宝学涂鸦。
无意山水拱仕女，老夫偏喜蝶恋花。

忆端阳

九天奇男立庙堂，一曲离骚奏华章。
那年屈子投江后，从此诗魂满汨江。

秋风

秋风阵阵不停吹，后风又把前风追。
风吹叶落无休止，秋风无影叶成堆。

【6】

李朝华，男（1977—）甘肃省庆阳市宁县中村镇人，五岁时药物中毒导致听力失聪，自学至初中毕业。喜欢诗歌文学，在无声的世界里、用心灵的笔谱写对生活的热爱和憧憬。诗歌散见于网络平台，2019年8月被《草根诗集》收录，荣获优秀作品奖。

思念那一片嫣红（外二首）

文/李朝华

我看着蓝蓝的天空
把思念捎给路过的燕子
在春荣塬的大地上自由飞翔
是执着绽放的妹妹花一般

从八月的花海中翩翩走来

带着你前世今生的期许
妹妹、你可知道
你是我唯一在心中珍藏的嫣红

夏夜的风吹过你的脸庞
前尘的思念如你一般的脆弱
我和你用坚贞的目光凝视黑夜
花如人面、姹紫嫣红

那一份坚贞的情怀
就让我问遍了春花秋月
仿佛要把这世间看透
就为了那落叶一般的愁

2019.08.21

我就是爱你

夏日的雨后初晴
悄悄地感动你的云裳
在阳光敛成的彩虹下
你绘就了一川女儿的轻柔

我就是爱你
在怦然心动的理由
像站在美丽的山巅
你是我唯一要看的风景

我就是爱你
在孤枕难眠的夜里
梦乡里都是你娓娓的笑意
捡起一份深情把人儿牵

我就是爱你

在不惑之年的情怀里感动
每一个起风的夜晚
轻轻地靠近你说我爱你

2018.08.03

秋天的怀念

初秋的风情
闪烁着一片片
青春一般如花的女孩
是这个季节最美的彩云

酷夏的热浪冲不散
十八年前洒在贺兰山下的情怀
从云外天走来的妹妹
是那一道不屈不挠的风采

故乡的长夜里
绿荫之下是你徘徊的脚步
那一缕思念的烟花
让你在我的梦乡里凝视着冰清玉洁

妹妹、那一朵红色的云
是你做了新娘的锦绣
在我的心田上播下你爱的种子
让不惑之年的沉寂
欲放不能、欲言又止

2019.08.21

【7】

许尔军，男（1969—）网名：再别康桥，江苏省泗洪县青阳镇面西居委会人。初中毕业一直从事建筑行业，曾做过小工、瓦工、瓦工队长、施工员、技术员、施工方总负责、甲方代表，现为泗洪景泰置业有限公司工程部经理。在建筑领域有省建设厅考试颁发的，土建质检员证书，C类安全员证书，见证取样员证书，全国通用中级工程师，住建部中国建设人才信息网可查询的高级工程师，洪城文艺刊物曾发表过他的三篇散文，在泗洪县最大网络泗洪风情网平台，荣获2018年度最具影响力的十佳网友证章证书。在2019年全国第四届网聚正能量，追梦新时代，百篇网络正能量文字精品，文教类作品评选中、他的作品新农村新气象看面西小区，荣获第二名，文字类精品项总排名第23名。是江苏省泗洪县，泗洲许氏文化研究理事会常务理事，业余爱好文学、音乐、古诗词创作。

许尔军/诗五首

校园情

昔日校园依旧在，青春年华难回来。
睹物思人念师友，心中顿然起澎湃。
三年同窗友谊固，岁月不可磨情怀。
惆怅酸楚泪双眼，感觉我从未离开。

晨游烽火台

晨游古时烽火台，身临其境生感慨。
昔日金戈铁马地，喜变百姓观光带。

重游花果山

细雨烟朦故地游，恰逢同天隔四秋。
昔日美景皆具在，唯我只是短停留。

喜看国旗

古徐桥上国旗飘，阳光照耀分外娆。
普天同庆贺盛典，人民江山永固牢。

田园颂歌

垂柳抚水绿枝长，田间稻谷初金黄。
河边鹅唱丰收曲，和谐家园好景象。

【8】

李春青，男（1968—）山东平邑人。87年参军入伍，在长春装甲兵技术学院卫生科任卫生员。爱好诗歌、书法艺术，曾函授学习诗词创作。部分作品散见于网络平台、诗集，2019年8月获《草根诗集》优秀诗歌奖。

李春青/诗歌三首

平邑之春

推窗望远，阳光初照浚河岸。
春风拂面，三月平邑别样天。
莲花山上百花妍，我独钟爱白玉兰。
走遍地北天南，平邑人最亲最甜。

窗前情思

杏花初谢梨花开，着意春色自天来。
临窗只见蝴蝶舞，不见伊人书信来。
春色不叫人徘徊，徘徊人儿春不待。
不知伊人几时来，叫人空对梨花开。

平邑丽人

惠风着意轻，心曲韵无声。
平邑美如画，丽人玉街行。

【9】

丁端芳，女（1963—）湖南岳阳人，中共党员。实力诗词家、《冰洁诗刊》签约诗人。有作品入选《中国实力诗人诗选》、《中国当代真情诗典》、《世纪诗典》等。2017年，荣获"中外华语十佳新锐诗人"等荣誉称号。2018年3月，在

"三峡国际旅游诗会"上，被世界汉诗协会授予"中华诗词文化传承人"荣誉称号。

莫斯科之行（外一首）

文/丁端芳

踏着列宁的足迹
远现普京的坐驾
与总统先生一墙之隔
俄罗斯绽开了笑容
从太空回来的橡树
迎接着远方的客人
海欧翩翩
在小河上自由翩飞
松鼠来回
如入无人之境
鸳鸯戏水
闲游不知风雨
满园的花草
不愿想冬天的感伤
自顾自的
还陶醉着自己的芬芳
秋风无奈
只好暂时停止猖狂
教堂钟声
规规矩矩的鸣响
皇权神授
多少也能
抑制帝王的轻荡

五星红旗

身在异国土地
思念祖国
花儿一样美丽的国旗
只要国歌
响起那亲切的旋律
铿锵脚步
踏响坚实的大地
心脏缺口
奔涌粘稠的液体
万千脐带
牵扯祖国的血脉

【10】

张东升，男（1969—）河南孟州市人。自幼喜欢文学，热衷于散文诗歌创作，其作品散见于网络平台，及在山阳文学，步步高集团公司内部刊物多次发表。

致女英雄余旭（外一首）

文/张东升

你是丛中盛开炫丽的花
你是天际飘来最美的云
你是翱翔蓝天高飞的雄鹰
你拥有青春怒放的生命

选择了高飞
是因为你热爱蓝天
选择了入伍

是因为你向往军营

从天安门广场阅兵你锋芒初露
到卡兰威珠海航展你羽翼渐丰
看你驾驭神鹰 直入苍穹
划出了五彩斑斓的丝线
变出了神奇绝妙的队形

是鲜花就应该峥嵘怒放
是军人更懂得使命的神圣
你用倔强演绎了青春的精彩
你用热血捍卫了军人的忠诚

余旭 每当读起你的名字
让我思绪万千、热泪满盈
侠肝义胆 碧血长空
余音袅袅 旭日更红

你是最美的 金孔雀
你是军中的 花木兰
你是人民空军的铿锵玫瑰
你是共和国的民族之魂

其实你真的并没走远
这只是你人生最精彩的一次远行

飞翔吧 金孔雀
你永远翱翔在祖国的蓝天大海
你永远绽放在美丽的万花丛林
你拥有火一般炽热的青春
你的青春如火 永不凋零

风起的时候

你轻轻的吹来
轻浮着少女的脸庞
梳理着她的秀发
就像呵护自己的新娘

你轻轻的吹来
湖面上涟漪荡漾
把大地和山野吹绿
又带来丰收的金黄

【11】

张志民，男（1969—）汉族，陕西韩城司马故里。中国当代优秀诗人。依安县诗歌协会会员，签约诗人。华夏精短文学学会会员，签约诗人。北美文艺社社员。喜爱散文、诗歌，多部作品在国家级、省市级书刊发表数次。2019年7月获（诗人乐园）文学奖。

母亲的味道（外一首）

文/张志民

推开老屋的门
十多年孤独凋零
依旧满院溢香
隐隐闻到母亲的味道
抹不去的情感
难以忘怀的慈爱
生我养我的老屋

含着母亲淡淡的味道
散发着昔日的温馨
粉色的月季花
静静守护地母亲家园
陪伴着甜甜的石榴树
茂密旺盛高入房顶
硕大的石榴垂下了头
门前斑驳陆离的台阶
剥蚀光阴匆匆年轮
苒苒几盈虚，澄澄变今古
岁月知人情，往事知多少
光景平淡，牵挂多多
土灶凌乱风雨的洗刷
脱落的泥皮诉说光阴无情
仿佛母知我来
手忙脚乱
烧开袅袅烟火
又是金秋花椒香
火红的惊艳
依然有我母亲切的笑容
和那美好的时光

狗尾巴草

又见你
摇着发黄的尾巴
数着深秋黄叶
从春走到夏
转眼间
走到生命的尽头
吹动着夕阳西下

思绪牵动的柔风

记忆着童年的美好
毛茸茸尾巴
往事知多少
只有来年春又青

人不如狗尾巴草
熬不住岁月的静美
守不住童年美好
有缘的阳光
无缘的再生

【12】

段龙宫,男（1985—）汉族,生于河南省滑县,2007年11月入党,本科学历,文学学士,河南师范大学在读研究生。现任延津县文岩街道办事处党委委员、武装部长。大学期间出版个人诗文集,多次获得国家级文学作品大赛奖励,连续四年荣获河南科技学院国家助学奖学金、文学单向奖学金;2008年以来、先后在《中国区域经济专刊》、《农业科技管理》、《农村农业农民杂志社》、《新乡日报》等国家和省级期刊发表论文作品10余篇,并参与编写的《优质花生高产栽培技术》一书由中原出版传媒集团于2018年10月出版发行。

浮光掠影（外一首）

文/段龙宫

追逐夕阳的奔跑
穿过河流树林

麦野花田
靠近霞光飞舞的角度
仰首沉浮
短暂耀眼的璀璨
心旷神怡的陶醉
忘了前行无路
让心和脚步变得踌躇
斗转星移
晚霞梳理成黑发
月牙如一枚精致的发簪
把稠密的树影绾出疏松的刘海
夜
没有因为月白
没有为了花彩
于昏黑催眠的尽头
安放了几颗爱笑的星星
让仰首夜空的孩子
依旧可以浮光掠影
依旧可以感受光明
点点白光
透过树梢散落成片片归愁
家里槐花还在绽放
胡洞里的猫
房后那几只鸟
新来的燕子
浮光掠影之后
都该归巢了

内心有两头野兽

一头是九重鬼脸的变色龙
身柔似水
百褶无痕

讨好每一束光的脸色
谄媚每条道路的形状
一头是透明偏执豪猪
喜怒哀乐都在脸上
不近人情
不懂世故
用丑陋张扬的外表
包裹最柔软温顺的心
两头野兽的撕咬
没有胜负
只留下狰狞的面目
刀割入骨的皱纹

【13】

丁建国，男（1952—）汉族，安徽省宣城人。中华诗词学会、全球汉诗总会、中华诗词发展基金会、安徽省诗词学会、（安徽散曲分会）、宣城敬亭山诗词学会、宣城市散文家协会等会员，全国诗词名家交流中心理事会理事，安徽省诗词协会常务理事，宣州诗词学会常务理事（中华诗词之乡）周王诗社社长;宣城市好人，周王镇新乡贤、校外辅导员、应届人大代表、文化协管员，（胡家涝古宣纸厂遗址）文物保护员，绿宝村村民代表、村务监督委员，胡家涝自然村（宣城市唯一、省级试范点）村民自治理事会执行理事，宣城纸源文化旅游开发有限公司顾问。

丁建国/诗五首

庆祝建国七十周年

三山压顶是从前，先辈初心信念坚。
拯救人民脱苦海，终将雨雪换晴天。
改革开放新时代，科技发明壮丽篇。
使命担当赢盛世，七十华诞庆歌甜。

国庆感怀

中华领袖立城楼，豪迈声音振九州。
倭寇仓惶逃海岛，人民站起驾神舟。
航行舵手明方向，社会和谐制度优。
开放雄心燃美梦，改革壮举创丰收。

阳光雨露滋万物

雪去冰融遍地苏，迎来暖意慕春初。
丝丝细语甜甜润，阵阵微风俏俏拂。
冻土欣然升热浪，清流荡漾秽污除。
神州笑貌千山唱，四海无波万众呼。

高歌唱中华

雄鸡昂首唱高歌，科技腾飞友谊播。
赫赫一城绵万里，滔滔两水笑千波。
巍峨五岳风光秀，壮丽三山妙景多。
屹立东方龙脉旺，五十六朵蒂莲婀。

观祖国七十华诞庆典感怀

天安门上冉红旗，广场街前骋铁骑。
国家辉煌逢盛典，长空灿烂炫银机。
千军阔步张威武，万众同欢舞彩霓。
美梦圆成真伟业，七十华诞展神奇。

【14】

郭道翔，男（1965—）湖北宜昌人。笔名：梦野。热爱诗歌文学，作品刊发于网络平台、诗选集等，2019年8月被《草根诗集》收录，获优秀诗歌奖。

夷陵有条黄柏河（外一首）

文/郭道翔

黄柏河
绝世而独有
从神秘的黑良山源头
奔驰而来

矗立群山之巅
俯视黄柏河流
万千清流婉转
绘成九曲连环
直奔东去

波光潋滟三千
掀万丈滔天碧浪
气势磅礴
注入夷陵长江

黄柏河
阴柔而狂放
容 惊天霹雳
纳 万顷洪波
破川越谷 澎拜汹涌

黄柏河
夷陵的黄柏河
如诗 如歌
记录着
千古历史文明
雕刻着
无限神秘和传说

黄柏河
夷陵的摇篮
夷陵的母亲河
以甜美的乳汁滋养着夷陵大地
用温暖的怀抱抚育着
生生不息的黄柏儿女

黄土地

土地
万物之根
从远古
带着年轻的心
踏着厚重的沧桑
走来

用自己丰盈的身躯
滋生祠养着每一个生命

抚育世间万物
究竟有多少年了
早已忘记了岁月的年纪

你
用坚硬的臂膀
将三山五岳
五湖四海
飞禽走兽
男人和女人
花草 树木 禾苗 硕果
……
轻轻托起
让地球 日月星辰 宇宙
共存

【15】

李天奎，男（1968—）汉族，现居
四川达州市。中共党员，大专文化，网名
九思，号雅筑，自由撰稿人。系《中国诗
歌学会》会员，《中华诗词学会》会员，
《中国楹联学会》会员，《作家前线》签
约诗人。作品散见于网络公众平台。曾获
全国北大荒文学网络诗歌大赛一等奖，
"蝶恋花杯"全球华人文学大赛诗词，诗
歌二等奖。现代诗歌及诗词一百余首收录
在《中国风》、《塞上雄鹰》、《当代实
力派作家文选》、《当代文学精选》、
《达州日报》、《达州晚报》等纸刊。

李天奎/诗四首

思归

古刹篱东稚鸟啼，秋风亭榭白头稀。
思乡游子望归路，怀旧伊人待月依。
燕子衔泥围老宅，幼驹过水饶新矶。
三春难报存终恨，冷暖方知慈母衣。

诗城颂

金凤晨霞映玉峰，夔门烟雨罩苍穹。
孤舟过处觅仙境，千嶂生来有寿翁。
两岸枫红探霜客，半崖松翠话神童。
一江碧水东流去，万古诗城入画中。

独秀峰

夜幕秀峰静，仙台夏景新。
抬头赏蓝月，伸手摘星辰。
云外呈残照，天边舞袖频。
无缘雪飞处，回首望伊人。

苔花

小苔菰米大，池畔绽琼花。
不与莲争宠，幽居素壁家。

【16】

金林松，男（1964—）浙江省丽水市缙云壶镇人。又名：沙门书使。喜爱文学、散文和现代诗及旧体诗词创作。曾因事务繁忙等因素停笔二十多年，现重新书写人生。系世界汉语文学作协终身会员签约诗人，燕京文化艺术交流协会签约诗人，中国观网华北区签约诗人，及多家网站签约作家和散文网会员等，在中国诗歌网与刊物多次发表，并且获得文学创作奖。

风暴（外一首）

文/金林松

风猛烈地吹着
但没有飞沙走石
也没有惊涛拍岸
因为我的环境里没有沙漠
而且更不是海洋
村子里只有破旧的房子
窗户上的透明尼龙布被风刮着咧咧直响

山上竹子无奈地往前倾
头低着、发散乱、背变得很弯
田野的荬禾像无数的绿剑
一个劲地向前刺
但被根系磁性地控制住向前的距离
反正再向前也没有任何固定的目标
而我正迎着风反方向
无意识地走着、走着……

因为我和风暴不同，
你只贪图一时的张狂和虚妄
而我有责任捡缀这片迷乱的蛮荒

【17】

穆立平，男（1962—）回族，河南省固始县人。现在北部战区某部工作，系中国音乐协会会员，辽宁省音乐协会会员。辽宁省音乐文学协会理事。1982年南海舰队潜水员，1992年沈阳军区某单位工作至今。1982年开始文学创作，早期作品《路遇》、《陈老总外传》、《豫北山村故事》、《忏悔》等散见于《广州文艺》、《桂林文学》、《南苑风》等文学刊物。长篇自传小说《那弯弯的小河》已写文稿三十余万字，将于近期结稿。先后在部队及地方各类报刊上发表论文、杂谈及诗歌百余篇。2017年获全军质量监督总局（优秀通讯员）称号。2016年开始格律诗写作，先后创作格律诗三百余首。

穆立平/诗四首

杂思

满目芳菲随梦消，又临溪畔弄新潮。
柳风乱影让人惑，水淀行云似苇娇。
无意林下观落絮，有心酒后向天飘。
几多烦事累心神，只把忧愁醉晚霄。

贺儿新婚

霞笼青岭织金幡，暖意融融清雅轩。
并蒂花开今日始，同心络结此生缘。
萌萌两眼金星映，盼盼满颊红晕闪。
牵手齐称相地久，交杯共祝与天全。

登楼感怀

燕歌殢酒独登楼，目极穷荒瑷瓃浮。
一线长淮分大别，几行征雁过中州。
山河静穆残阳阙，草木斑斓故国秋。
坦荡乾坤空念远，风凉何必说曹刘。

咏 荷

百茎擎绿碧波萦，嫩蕊描红玉里贞。
浓淡同纷堪翡翠，高低分艳色晶莹。
芳菲一色鱼虾乐，菡萏千娇蜂蝶争。
万点生机随水意，幽香阵阵更含情。

【18】

高占稳，男（1951—）笔名站稳、高站稳。祖籍河北玉田县。大学学历，高级政工师，自幼酷爱文学，尤喜诗词，13岁时在市级报上发表第一首诗《咏春》。1969年参军，有诸多军旅诗和散文在军内外报刊发表。在中越作战前线著有诗集《一组活的雕像》。1990年转业，业余时间仍笔耕不辍，著有诗集《人生感悟》等。曾荣获全国古典诗词大奖赛一等奖，全国精短新诗大奖赛一等奖，第十届全国百强诗人排行榜评比第一名等多个奖项。现为唐山拾秋诗社会员，中华诗词学会会员，中国互联网文学联盟特约作家。

高占稳/诗四首

哨岩松

借得悬崖边角棱，扎根陋处苦谋生。
阳光几缕不嫌少，却报荒山一处青。

春韵

湖波荡漾柳含烟，双燕裁云作紫宣。
细雨接来研浅墨，喃喃诗韵寄蓝天。

踌躇卖牛的老汉

默默吸烟到夜深，起身添料泪涔涔。
劝牛莫要哀声叫，挫我求医卖尔心。

感怀长城

万里蜿蜒似卧龙，雄关衔恨憾重重。
几时圆好腾飞梦，一统中华旗更红。

【19】

高圣军，男（1958—）汉族，湖北荆门人。1975年7月参加工作，湖北大学中文系汉语言文学专业毕业，曾任荆门市诗词协会副会长、副秘书长，湖北省诗词协会会员。1976年2月入伍，历任战士、侦察班长、地炮指挥排长。1982年裁军转业后历任乡党委委员、武装部长、总支书记、综治办主任、政协组长、工会主席、县老干部局副局长、主任科员等职，曾获得全国传统文化传承与发展贡献奖、湖北省老干部先进工作者、湖北省关心下一代先进工作者等称号及市、县多种荣誉，所写的诗词在《中华诗词》、《当代名家》、《当代老年》、《湖北诗词》、《象山诗词》等全国、省、市、县报刊杂志上发表两百余首，多次获得全国及市、县等奖项，著有《关心下一代》、《山柏文学》、《诗画沙洋》等书籍。

高圣军/诗词三首

水调歌头.退休有感

年少几多苦？问我数心寒。
雪霜风打来世，弹指六旬间。
过去年华楷树，敬业半生有序，戎马国家安。
岁月幸无绊，闯过万千关。

屈今指，休已至，夜亦眠。

此生无憾，今日豪饮故乡还。
诗酒歌论英杰，乐享天伦优妙，皓月耀江天。
晚景风光美，相聚共团圆。

时代楷模张富清

张驰百战立沙场，富国安邦壮气昂。
清淡名扬千载颂，情浓誉满万年芳。
义肝铁胆英雄起，忠骨银枪敌寇亡。
功建春秋红色地，臣心报效党中央。

沙洋五七干校威名

沙里藏金红色种，洋宽学海纳群雄。
五星宝剑横天下，七律诗言立句中。
干部乡间如邻友，校园堂上似师翁。
威扬厚德人同仰，名誉神州万古功。

注解：藏头诗，沙洋五七干校威名（沙洋五七干校保存完好的旧址有：位于小江湖监狱鸡鸣咀的"三高"（最高法院、最高检察院、公安部）"五七干校"；位于湖北省警官学校内的财政部"五七干校"；位于七里湖的北京外国语学院"五七干校"；位于范家台的1357干校（全国人大、政协、统战部、八大民主党派、工商联、社会主义学院）。已逝原全国人大副委员长、社会学家费孝通、中央统战部副部长张执一、"文坛祖母"冰心，原财政部长项怀诚等2万多知名人士、干部家属在这里劳动锻炼。）

【20】

张雨奇，男（1981—）贵州贵阳人。贵阳点石学校创办人，点石学校校长和法人，贵州星火点石文化传媒公司董事长，研究生学历，中国青年作家协会会员，全国"奥林匹克作文大赛"组委会成员，贵州大语文研究中心主任。

张雨奇/诗五首

秋日感怀

暑气未消即入秋，马不停蹄动征铎。
灯红酒绿人不顾，不到南方誓不休。

祖国七十华诞

适逢华夏七十生，举国欢腾红旗扬。
十月阅兵国威壮，愿做铁牛把土耕。

暮色泉湖

五彩流光意阑珊，湖面清波映浮桥。
几声犬吠惊人梦，誓把此地作吾家。

秋词

谁言秋雨细霏霏，恍若黄河天上来。
黔龙乘势大泽梦，内圣外王竞风流。

都司路秋晨

都司骤雨后，黄叶嵌入秋。
高楼争相跃，南明河湍流。
路上行人挤，车流急匆匆。
无人知寒意，只为壮志酬。

【21】

胡金龙，男（1977—）贵州贵阳人。在贵阳市南明区，从事二手车行业。热爱诗歌文化，作品散见于网络平台、诗选集等。

我等候着你（外二首）

文/胡金龙

阳春三月
我等候着你
守望中
等得一树花开

炎炎夏季
我等候着你
风雨中
凭添夏日忧伤

秋意渐浓
我等候着你
风起处
尽是无尽失落

冬日萧萧
我等候着你
望欲穿
何日是你归期

秋 韵

一地落叶
捎来秋的讯息
秋风轻轻
抚摸金黄的世界
丰收喜悦
印落在人们的脸上

南飞的燕
轻鸣着难舍的离愁
枝头的寒蝉啊
倾力演绎这一秋的绝唱
鸣泣之时
你在向谁倾诉离别的情衷

七月的雨

烟锁心扉
此刻再无去处
雨细轻飘
点滴竟敲成诗
雨空中
那群执着的燕
不懈追逐
这场细雨飞花
我在想

能否将思念啊
寄托于
这群雨中精灵
轻轻的
替我送至远方

【22】

何青莲，女（1968—）笔名：青莲儿，中国辽宁人。资深新闻媒体人，曾任省报报业集团盘锦分社社长、主编，任盘锦有线电视台天天3.15栏目负责人、任职七年，从事新闻采编创作20余年。目前为市委统战部隶属机构——盘锦市民营经济研究会副会长，盘锦市民营经济杂志刊物总编。记者、诗人、词人，挚爱传统文化与国学经典传播、传承，擅长新诗、古韵诗词创作。1989年开始创作发表作品，1990年参加了辽宁省首届冰峪沟诗歌创作笔会，是盘锦香稻诗社老会员，是盘锦诗词楹联学会老会员。1993年几首新诗作品，被收入《香稻诗社十年》诗选。在省、市、区官方征文大赛中，多次获奖。大部分作品陆续发表在《盘锦日报》《盘锦诗词》《红海滩》《香稻诗报》《大东北诗刊》《中华福苑诗典》《江南游记》等纸媒书刊。已有20余万字的新诗、古韵诗词作品即将出版《香远益清》诗文集、《香远益清》诗词集上下部。

何青莲/诗词四首

江城子·贺新中国七十华诞大阅兵

金秋十月稻花香，练兵忙，盛仪强。
万里晴空，银雁展天祥。
礼炮隆隆吹号角，英魂在，国歌扬。
靓姿威武好儿郎，气轩昂，女红妆。
大国脊梁，钢铁铸辉煌。
重器成行，谁可犯？红舵手，醒狮
徜。

九月江南八月客

江南九月画中游，柳岸依山碧水流。
小径疏枝迟雨韵，亭台落叶扰云幽。
桂花绽蕊香飘远，锦鲤摇荷浪淡柔。
翠竹凭风迎贵友，菊篱墨舞和清秋。

纪念鲁迅诞辰135年

绍兴秀水颂文英，遍布溪流绕古城。
赏景沿途寻旧迹，怀贤一路慕芳名。
丹心笔下忧时难，碧草园中表语铮。
冲破牢笼书志愿，丰碑树立振华声。

楚魂沧江

洞庭湖畔波涛泛，楚国狼烟激愤填。
正义屈平悲国破，奸邪贼子丧邦船。
赤心沥胆终遭贬，哭当长歌抱石眠。

天问离骚千载转，蒲蒿香粽祭先贤。

【23】

张灿中，男（1970—）笔名云君，号龙形山人，出生于湖南岳阳县张谷英村。当过兵，搞过乐队，干过公务员，也做过买卖。几经飘泊辗转，后回故乡从事民宿客栈。闲暇之余，舞文弄墨，酌酒弹琴。曾出版《江南民居瑰宝——张谷英大屋》一书。作品散见网络平台、诗选集等。

清明的雨

文/张灿中

清明的雨
是生者的泪水
慎终追远
念念不忘

清明的雨
是故者的唠叨
喋喋不休
一定要好

清明的雨
不激不厉，飘而不扬

清明的雨
是成者的典礼
百尺竿头
更进一步

清明的雨
是败者的感伤
可不可以
重头再来

清明的雨
不冷不热，忧而不伤

清明的雨
也无争，也逍遥
不像寒冬，冷了是雪
不像盛夏，怒了是冰雹

清明的雨
带着几分哲思
让我在世俗中沉淀
在疲倦时抛锚

清明的雨
至善至诚
属于缅怀、属于祭扫
属于旷野、属于荒郊

清明的雨
是一杯酒
洒在尘世中
散发着醇香

清明的雨
是一壶清茶
品在心里
领略一路芬芳

清明的雨
是一支竹笛
在故园的柳树下
悠悠吹响

清明的雨
是一叶扁舟
载着我
在人海中思考

清明的雨
也是时间的泪水
时间说 草会死，人会死
甚至日月也会死
将来谁会来陪我啊

【24】

苏栗未，男（1966—）网名：南山易生，陕西省西安市蓝田县人。高中文化程度，曾经从事过农业劳动，做过搬运工。热爱诗歌文化，作品散见于网络公众平台。

灞桥柳

文/苏栗未

春暖花开的时候
我来到灞桥头
我追寻你的足迹
寻找梦中的温柔
灞河的柳絮

弥漫了水中的白鹭
听不见你的脚步
我只有寂寞依旧

夏日明艳的午后
我来到灞桥头
注目水中的倒影
寻找你如水的温柔
灞河的柳荫
藏不住我的思念
看不见你的倩影
我只有相思依旧

秋风吹来的时候
我来到灞桥头
让南飞的大雁
捎上我的问候
看两岸柳丝黄透
你可感觉我的温度
听不见你的歌声
我只有祝福依旧

轻雪漫舞的时候
我来到灞桥头
四野风起茫茫
再也不见你的温柔
极目西风残柳
向谁诉离别之苦
看不见你的笑容
我只有冰心依旧

【25】

史凤末，男（1964—）汉族，湖北省鄂州市鄂诚区樊口街道得胜村人。大专文化。1983年开始学习写作，至今有数百篇（首）民间故事、散文、现代诗、旧体诗，发表于省、市报刊和诗歌网站。现为鄂州市作家协会会员、中国网络诗歌学会会员。

香花谷（外一首）

文/史凤末

从闹市抵达空谷
落差太大
紫薇 海棠 兰花 杜鹃
花的瀑布飞流在陡峭的山风中
滚落谷底的尖叫
足以摧毁时光的栅栏
我终于记起了我丢掉的江山
我终于记起了我追寻的美人
这里是诞生美人的故乡
这里是孕育美人的子宫
流淌羊水的江河
布满血管的隧道
都是必经之路
三月的空谷
我在怪石上抚摸着千年的惆怅
这次又来迟一步
美人和山泉早已流出了唐诗

街头的侏儒歌手

冬天的小街
蛇的细脖子
可张可缩
吞吐自如
小车、摩托车、自行车
喧嚣的夹生饭
高高的腿、短短的裙、绅士帽
陌生的凉拌菜
朔风的味蕾
偏重冰川之纪冷血的味道
街头一只蚂蚁的身影爬上眼角
手捧一根麦克风的自信
试图依靠放大机放大自己
他独自卖力摇滚
他独自撕心裂肺
最终感动几棵绿化树
收银盘中
飘进几片黄叶
敲出饥饿的响声

【26】

罗清森，男（1961—）江西省赣州市宁都县人。中共党员，宁都县第三中学高级教师，从事中学语文教学37年，喜爱古文、诗词、硬笔书法，宁都作协会员。东方兰亭诗社会员。

罗清森/咏宁都自然风光组诗（七首）

翠微峰

峰众翠微桔瓣拥，插云擎柱顶天耸。
金精勝槃风萌生，针串葫芦泉迸涌。
绿竹勾魂客意浓，神龟探水花衔踵。
涟漪锦绣笑仙人，山艳双桃霞献宠。

凌云山赞

常娥握手凌云耸，雄踞琳池涧口蹲。
喊圳市兮邀五县，龙潭之上帝皇坟。

小布风光

茗卧青山小布阁，露琼朝饮树栖鸽。
岩高瀑美漂白练，涧水哗哗致富歌。

莲花花绘景

一山雄峙入云端，坐顶仙姑诗赋欢。
映日群峰莲瓣靓，银辉夜沐晾白帆。

老鹰山

远望鹰隼要雏鸡，近看田螺哭涕啼，
郁郁苍苍青世界，岩峋路峭喙锋犀。

九寨十八岩

数方石寨镇南天，错落田园双九岩。
纵看美人瞧镜乐，又如仙客诵诗篇。

宁都的水

梅江浩荡流千载，水库碧波蕴安泰。
锦绣西洁泳钓欢，热泉仙境游人睐。

【27】

文歌，男（1963—），原名：葛永文，浙江台州人，定居杭州。曾用网名文戈、中国泥水匠等。建筑管理职业经理人，国家一级建造师、国家监理工程师、国家安全工程师，现为浙江天台作家协会会员。浙江天台山胡明刚名家工作室成员。发表的诗歌、散文、小说等，见于国内有关纸媒、期刊、网络平台。

港湾（外一首）

文/文歌

穿越绿荫的人
遇见了岁月回转
时空重叠
如果那一寸默契
可以偿还三十年
美好的事物
会在晴朗的日子里呈现

捡拾一缕阳光
像椰子树下的小草
不用担心风雨
让欢乐擦身而过
聆听幸福在头上厮守
或者
化身浅滩上的候鸟
以深蓝做背景
海岸线作为起点
不管路有多远
选择合适的温度
自由飞翔

一叶舟

读楚辞的人
辞楚后漂往南方的南方
浮游前海后海
城市沉没于湖水之下
渔夫在梦里继续撒网
打捞石头
他们总认为网太小
水底的鱼群都在假寐
闭眼攀爬
更高的山崖
湖上寒气逼人
船舷传来碎裂之声
蠹虫在舱内啃食竹简
白衣人舟中敞怀
一壶酒一把炒豆
腰间的短剑比冰还冷
明月悬于半空
月色橙黄

满船的月光捧不住

【28】

洪延龄，男（1966—）安徽省黄山市（古徽州）人，自号丰溪布衣、彤云仙鹤、散心斋主，业余爱好盆景，根雕，硬笔书法，赏石，兴趣尤好诗文。有作品在《诗苑纵横天津暨河北精英社》、《文学艺术之友》、《清诗雅韵》及多家网络平台发表。诗作黄山诗《望天都峰》、《咏黄山迎客松》、《咏黄山莲花峰》等，被《草根诗集》收录，获优秀诗歌创作奖。

洪延龄/诗六首

祭凉山扑火三十英烈

惊悉凉山卅士雄。舍身蹈火义从容。
清明时节诗吟祭，壮气凌云照碧穹。

咏开国大典二首

宏声响彻动惊心，震荡中华亿万钦。
世界东方雄崛起，图强开创始于今。

秋兴

漫步郊游放眼量，红于二月胜春光。
满山枫叶堪诗画，唱彻幽情逸韵扬。

咏雷锋

舍己无私真榜样，忠诚爱党更高尚。
精神闪耀照千秋，我为雷锋诗颂唱。

咏边防子弟兵

紧握钢枪卫国门，风饕雪虐愈精神。
和平乐享安宁日，勿忘戍边可爱人。

咏夏日建筑农民工

烈日炎炎似火烧，高温炙烤雨云消。
为谋家计何嫌热。哪管身脏汗水浇。

【29】

陶鹏飞，男（1989—）江西九江彭泽县人。笔名：一蓑烟雨。喜欢幻想，热爱中国诗词文化，一直在尝试着诗词创作。希望在诗词道路上收获一份独特的风景。作品散见于网络公众平台。

陶鹏飞/诗四首

情网

定力太浅愁煞人，一入情网海底深。
昔时常惧寂寞影，今日但求自由身。
盟山难寻天亦老，誓海易逝情可真。

身寄红尘心不染，悠然自在度余生。

巨浪神舟参北斗，嫦娥玉兔闹天宫。

乡思

青山巍巍水渺渺，临近乡土心更恼。
多少相思浔阳寄，少时离家归时老！

回故乡

日丽风和拂柳轻，亲朋兴会故园行。
村前岭上桃花落，庄后庙台麦浪生。
笑语乡音飞巷陌，烹茶尺墨诉衷情。
怡然入梦阳河水，月色如银伴蛩声。

羁旅客

烟锁城楼雾锁空，弱体惊寒不胜风。
谁人怜取羁旅客？依稀梦回慈泪中。

师生缘

别梦依稀秩五年，校园历历在心田。
煤炉草铺元冬暖，红薯窝头四季甜。
三尺莲台连广宇，九春花树满人间。
初衷不忘来时路，天鉴师生未了缘。

艳阳天

茫茫雨线片片烟，疑是龙王倾九泉，
不经一番风雨度，怎能迎来艳阳天？

战友情

重逢战友忆当年，铁马金戈旷世缘。
耳畔常听军号响，梦中犹有电波传。
以身许国终无悔，俯首为民始已然。
且把韶华沽美酒，笑谈沧海变桑田。

【30】

王万春，男（1952—）山东青岛人。早年入伍北京卫戍区司令部，后转业至青岛市公安局，三级警监，退休。长期从事文秘工作，酷爱读书、旅游，对写作感兴趣，常有诗文在报刊发表。

【31】

位风雨，男（1972—）号：江南墨雨、云中墨客。河南老子故里宋河粮液之乡刘桥村人。受宋河酒文化的熏陶自幼喜欢诗词歌赋及书画艺术，曾师从于中国书画家张殿起老师和国画家刘佰玥老师，后又潜心修炼齐白石老人的书画艺术，少年

王万春/诗四首

大国重器赞

红旗霹雳舞东风，夸父长征遇悟空。

涵授于汪国真老师门下。系中国书画家协会浙江金华分会义乌书协副主席，中国北京盛世国际书画院院聘画家，中国《华娱星歌汇》浙江义乌艺术顾问，中国文化进万家2019德艺双馨艺术，中国2019公益爱心艺术家，浙江金华文联苏溪民间艺术协会秘书，部分诗词出版于西安《女娲抟诗》和《丝路花雨》，是网络反串歌手。

位风雨/诗两首

游子吟·娘思

瑟瑟秋风窃窃语，隐隐呼儿似娘音。
临别千咛万嘱咐，儿行千里母担心。
每逢惜别娘牵手，拄拐遥送儿出村。
朝朝思儿依门槛，暮暮村口望断魂。
魂牵梦绕娘伤神，白发苍苍添两鬓。
一朝娘亲得病患，孤苦伶仃盼亲人。
娘卧病榻常念儿，子却千里负娘亲。
奄奄一息等儿归，双眸凝视儿无信。
只为再瞅儿一面，不闭泪眼空留恨。
娘恩浩荡感天地，痛诉儿未行孝顺。
此生未及娘恩报，来世再还酿的恩。

口占一绝

山人此生不炼丹，拨开浮云修南山。
苏溪亭下描丹青，恩得友人茶水钱！

【32】

冯源，男（1974—）吉林省农安县人。现任长春市农安县万顺高中语文老师。热爱文学，尤慕古今仁人志士英雄豪杰，忠义仁勇，气节风骨。主张文以载道，诗书继世。作品散见于网络平台。

冯源/国庆抒怀八首

一

一阅今朝方阵容，
波涛犹暮荡心胸。
抚今追往君当问，
是否由衷热泪盈？

二

浩瀚长空一蔚蓝，
天公作美著华篇。
英雄魂魄应犹在，
还望安息于九泉。

三

猎猎旌旗展碧空，
磅礴仪仗自从容。
军强国泰民安乐，
胜似羲皇一大同。

四

白鸽展翅国门前，
也晓动容近蔼然。
信使广传天下意，
民胞物与和平安。

五

华夏已存越万年，
炎黄血脉古今连。
基因广种遍东土，
独领风骚骄世颜。

六

辟地开天泽润东，
万民顶礼向遗容。
高楼百丈赖基厚，
才有摩天气势宏。

七

守业当知更为难，
开来继往谋新篇。
圣君应世风调顺，
再铸辉煌万万年。

八

衰颜久未动怡容，

仰望长空秋日屏。
过往也知当净尽，
却仍走笔任抒胸。

【33】

郑淑芬，女（1975—）笔名：傲菊，福建省仙游县园庄镇高峰村人。商人，自幼酷爱诗词文学，作品散见于网络公众平台、诗选集等。

相思（外一首）短诗

文/郑淑芬

昔日泣别，
昙花正艳。
今遇七夕，
倍加想念。
朝赶日出暮待月，
动也思念，静亦思念。
心有灵犀，无须多言。
邈远天涯，挂牵未减。
此生若有重逢日，
再诉尽离愁万千。

木棉花

财神庙门口，
怒放无叶托。
本应灿烂群芳中，

却孤傲立枝头。
静待夏阳归，
不惧雷雨骤。
不知谁伤寂寞蕊，
无风自凋落。

【34】

王伟山，男（1984—）甘肃天祝人。业余诗歌爱好者，闲暇之时喜欢写写画画，作品散见于《乌鞘岭杂志》、《天马竞辉期刊》、《乡土文学微刊》等。

庄浪河的情歌（外一首）

文/王伟山

河水东流
冰雪融化
岁月如歌
春的枝条戴着新的枝芽。
听，庄浪河里的流水拍打着节拍，
深情的唱着情歌。
你甜蜜的微笑，
伴随着我的心跳。

河坝里的小石子
密密麻麻，
诉说着朦朦胧胧的期许，
还有你在清晨遗落在桥头上的
些许痴恋与感伤。
我知道你回头的眷恋
书写着一份傻傻的情诗，

我能懂你摇摆的发梢
弹奏着一根根悦耳动听的弦乐。

顺着你的脚印，
我目光跨越万千村庄，
虽然你没有察觉我放射的光芒，
但在桥上，在街上，在梦中
早已为你编排了一支不太成熟的舞蹈
有风儿和彩蝶伴着。

一片树叶

清晨秋风瑟瑟
吹落了一片树叶
恰巧砸在了我的头上
顷刻间我们邂逅在了
这个美丽的清晨
我牵着它的手
摇摆着木制的篱笆
试着吹响门口的小喇叭
放牧青春的好时光
在古城的府邸
倾听那座古墓的传说
有什么可以让我牵挂
低头唯见手中的那片树叶
在这美好的阳光下灿烂
像是我写给你的
那一份情书

【35】

田洪刚，男（1964—）笔名：无名小草，重庆市彭水县黄家镇漆红村人。从小喜爱诗歌文学。作品散见于网络公众平台、诗选集等。

田洪刚/诗四首

落叶

风奏离曲绕耳边，山隔万里路三千。
红叶满地情缘断，荷萎心枯爱恋牵。

望月

仰望天空月挂悬，思君两地几多年。
穿梭往返魂飞苦，伤痛哀愁泪满川。

相思

心痛难逾未药医，痴情化雨泪如溪。
哀伤喜怒凝成句，谁种相思惹汝啼。

无题

人静孤独卧冷床，双眸共聚望寒窗。
楼空寂寞如针刺，心痛难眠恨夜长。

【36】

朱文秀，女（1953—）重庆市人，就读于重庆巴蜀中学。系中国中铁五局集团建筑有限责任公司，主任管理员，兼职女工、工会工作，中共党员，业余爱好诗词歌赋。北京《诗词之友》会员。复旦老年大学文学欣赏班学员。作品发表于《诗词之友》杂志。荣登2018年《中国诗词年选》，获全国诗词文化先进工作者。2019年新时代诗词功勋人物奖。第二届"国粹杯"中华诗词楹联大赛优秀奖。

朱文秀/诗词三首

秋之韵

媚柳垂青牵客双，勾来墨笔嫣然长。
采诗吟诵赏花月，临眺枫红杏叶黄。
风起秋凉山涧响，清波荡漾映霓裳。
香飘茗享祈天意，聆听圣言抒乐章。

杜甫草堂

安史逢殃蓉隐避，四殇陋室草堂居。
明光烛月寒冬日，问世何由独叹吁。
忧抱翠竹霜冷浸，心怀苍宇报国鞠。
红墙悲壮豪情筑，千古碑文谱圣驱。

念奴娇·秋思惬想

夏炎已去，静风吹，悉数叶杏黄阖。

渺渺抒怀，吾道是，阅历千山尘杂。坎坷艰难，前身安足。一缕阳光洽，一林秋绿，半倾繁盛茂业。幽径骚客遐栖，陋身香茗荷。

浮生余法，自悟学荒，怀古韵，捧句间盈蓬沓。一叶孤帆，江流苦作舟，九天鹰鸽，慰情遥海，愿诗吟伴云合。

【37】

纪东炯，男（1964—）笔名：笛子。福建石狮人。福建省石狮市易学研究会副秘书长，福建省石狮市诗词学会理事。其诗词作品散见于国内各网络平台及诗集书刊中，被《诗人档案》编委会评为"2018年中国当代杰出诗人"荣誉称号。2019年被《新时代中国网络诗歌精品典藏组委会》评为"中国新时代优秀网络诗人"荣誉称号。2019年9月被"传世图书文化策划出版中心"聘为签约诗人，被《朝霞诗刊》编辑部、组委会，"新世纪"诗歌奖组委会授予"中国当代优秀诗人"荣誉称号。

纪东炯/诗词四首

点绛唇·江南秋意

秋水长空，
南回雁阵书人字。
满城金桂。
香溢娇容喜。

枫叶羞红，
柳岸黄花对。
湖山外。
酒旗摇曳。
欲与云天醉。

浣溪沙·芳心飞绪

柳岸伊人望远舟，
天涯自此寄闲愁。
芳心惆怅上西楼。

倦意凭栏飞绪乱，
茫然把酒断肠柔。
三更雨滴泣清秋。

大德歌·秋意凉

日坠江，
桂流香，
听不见寒蝉切切伤。
夕照渔舟唱，
远山归鸟藏，
风吹柳叶心惆怅，
长夜窗外凝霜。

得胜令·秋月夜

月下举杯欢，
亭里抚琴弹。
广袖佳人舞，

吟诗游子言。
红颜，
流水高山伴。
缠绵，
秋风夜阑柳岸。

谱写时代新乐章，唱支山歌给党听。

劳动节

五一长假得休闲，驱车游玩过郊原。
忽见窗外农夫影，仍在痴心刨薄田。

【38】

陈强，男（1969—）网名：茶香一缕，湖北洪湖人。爱好琴棋书画、古典诗词，喜欢自由简单的生活。作品散见于网络平台及刊物。

陈强/诗四首

鹧鸪天·毛泽东

伟大领袖毛泽东，翻江倒海舞巨龙。
改天换地为民众，伟绩丰功万世颂。
气如虹，贯长空，天高路远中华风。
革命自有后来人，万里江山一片红。

缅怀周总理

鞠躬尽瘁为人民，死而后已报国家。
音容笑貌依稀在，西厅不谢海棠花。

唱支山歌给党听

锤镰锻打铁铮铮，敲响历史最强音。

【39】

董素印，男（1965—）中共党员，大专文化，江苏省射阳县政务办工作，盐城市作家协会会员，市级网站特约文学编辑，从事新闻宣传、党委秘书、新闻采编、党史研究、政务服务等工作三十多年，上百万字新闻、文学作品被人民日报、人民网、新华网等各级媒体采用，数十篇（档）作品获省委宣传部、新华报业集团和江苏省广电总台等单位表彰，编辑的《射阳新闻》连续五年受省广电总局表彰，获评首届鹤乡文化英才，入选《中华文化人才库》。

董素印/诗四首

断桥

西湖白沙堤上桥，孤山蜿蜒岸湖连。
文人骚客泼墨赞，桥亭辉映湖滟潋。

钱塘观潮

钱塘胜景一线潮，汹涌澎湃向前涌。
绝路相逢老盐仓，怒涛击岸浪爆狂。

美女二回头

八月十八钱江潮，撞越美女坝上吼。
暗流涌动回头浪，蔚为壮观天下无。

过钱江大桥

钱江桥上俯瞰江，两岸高楼江中央。
中秋汹潮涌一线，国庆平风浪安祥。

【40】

王世全，女（1962—）汉族，笔名：蓝玫，滁州人。大专文化。系安徽太白楼诗词学会理事，滁州市诗词楹联学会常务理事，安徽省炳烛诗书画联谊会会员。《青青子衿诗苑》论坛超级版主。中华诗词发展基金会诗人之家、安徽工作委员会会员。常在书、报、杂志及各大网络公众平台发表作品。

王世全/诗词六首

牡丹

庭院春催卉朵开，迷眸望远独高台。
清香绝代冠群贵，国色花王天上来。

秋雨

微雨朦朦落，烟云慢慢融。
孤楼红径寂，高阁绿帘穷。
翠叶藏莺静，丹心飞燕终。
无声思洗礼，有梦问梧桐。

水仙花

石蒜科生翠嫩连，寒窗静透玉琼仙。
亭亭仃立伊含秀，淡淡鲜灵水漫妍。
一片春情今盛在，千秋典雅古贤传。
年年绽放高堂赋，日日清奇醉梦眠。

如梦令·茶

陆羽《茶经》悠久，
华夏神农源首。
悟道礼仪风，天下茗香会友。
依旧，依旧。传统养生独秀。

长相思·中秋

黄叶愁，落叶愁，愁到家门路尽头，
凉风扫浅秋。
乐悠悠，盼悠悠，盼桂飘香归拜休，
月圆人倚楼。

采桑子·荷

江淮雨后河沿赏，叶翠琼盘。蛙闹鸣欢，点立蜻蜓水中天。

谁家玉女裙纱动，不染尘缘。粉醉桥边，一笑回眸只等闲。

【41】

卞大琳，男（1966—）江苏扬州人，现居重庆。中华诗词学会会员，竹韵汉诗协会会员，诗词网站首席版主。崇尚佛心道为，好阅读思考。酷爱古典诗词，经典文学，传统太极拳。《芙蓉国文汇》签约作家，《思归客诗刊》特邀作家，作品散见于多家刊物。有《畔山集》《夜雨集》未梓。

卞大琳/诗九首

屈子赋

屈子流芳万古长，千年赋韵史留章。
愁毫漫著求索路，怒墨忠辞谏楚王。
九歌离骚天问怨，招魂卜居国忧殇。
君庸帝败民生叹，一代贤臣泪水亡。

母爱恩重大似天

母爱恩重大似天，生身育体培英贤。
怀胎十月难关战，抚养全心苦熬煎。

夜伴娇儿书读念，更缝袄裤子孙穿。
含辛一世丰功献，后辈平安幸福连。

初秋

季进初秋酷暑消，风轻气淡薄云飘。
寒蝉远叫声频小，冷菊开苞籽育苗。
柳岸乘凉闲客少，荷塘採藕木舟摇。
丰收硕果累枝满，笑看枫红染树梢。

荷塘月色

月照荷塘倒影莲，浣纱玉女舞姿翩。
风摇伞叶惊蛙叫，露染苞蒂秀蕊妍。
碧水扬波红鲤跳，幽云捧朵素丝连。
清凉夏夜情人爱，共恋相思醉梦缘。

游泳

无缘银汉附仙槎，且伴长江迭浪花。
灵动鳍尾钦锦鲤，屈伸手足学青蛙。
垂杨着意留渔棹，泳客存心赏早霞。
愿挂云帆天际去，海滩击水步平沙。

赞兵坛小将

兵坛小将是精英，东挡西杀履建功。
辗转腾挪轻似燕，左攻右守快如风。
五洲赛遍无敌手，四海出征有后生。
总览金牌谁阻挡，如今新秀领航程。

咏牛

野陌万倾任我纵，埋头苦干满仓丰。
开天辟地图腾景，坚韧标高屹伟峰。

荷塘即景

杨柳池塘野趣多，蛙居鱼跃任欢歌。
执擎一叶清凉伞，夏热高阳奈我何。

长寿湖

众说长湖美，身临我亦痴。
蜂喧花吐蕊，鸟语柳飞丝。
水国千帆竞，湖天一色迟。
暖风亲两岸，几忘覆舟危。

【42】

徐一文，女（1963—）Cami I Ia.xu，字子弘，号赋墨宫主人，笔名：云萝、弘正。江苏泰州人。10岁从师学写诗词，爱好格律诗词40余载，高级经济师，香港诗词协会常务理事、编委，南京秦淮文联会员，中华诗词会翰墨诗词院副主编、顾问，中诗社古诗创作室主编、词曲审核，中诗社江苏分社主编，2012年获得中华秦淮诗词联楹大赛二等奖，2019年获得南疆诗词脉络命题诗赛单曲一等奖，入选《2019年度人物.中国诗歌大典》上榜诗人。所著作品先后收录在《中国诗歌报》《明月诗刊》《南疆诗词脉络》《奉天诗刊》《西辽河畔》《轻尘诗社》《诗词方舟微刊》《翰墨诗词院微刊》《汲墨轩微刊》《诗海选粹》，香港诗词协会的《东方之珠诗刊》《香港诗词》《中国当代杰出诗人诗词精选》《世界经典文学荟萃》《中国诗人》《明月诗刊》均出版了个人专辑。

徐一文/诗六首

桂枝香·金秋寄语

寒霜染目，望峻岭枯藤，秋华清肃。
郊道孤桥寂冷，野塘荷簇。
叹观半百人生路，搏天涯、坎轲峰矗。
雪侵风急，潮临浪涌，踏歌听馥。
叹岁月、梭行肆逐。任变幻如故，更叠恒续。山水依然，李杜笑颜难复？
今朝赋墨诗坛韵，览江湖谱奏承麓。
寄情雁去，凌波再叙，撰迎新曲。

双声子·秋霜奏鸣

月华如练，水笼秋意，含墨香砌风吟。
蓠边依菊，霜寒清远，枫染暮照凌侵。
冷梢花沁雾，墀上影，孤寂迷沉。
残塘畔，柳低处，愁眉枯野湛心。
醉红尘，筹诵千古韵，挥书傲世胸

襟。

银辉胧夜，山缁川涌，遥倾爱恨情斟。

览云横万里，听四海、潮奏涛琴。

飘延迭踏年庚，楚辞汉赋何寻？

御街行·释心初

冬眠沥雪书侵老，暮霭风行绕。
千山叠古路倾寒，愚昧横川雾袅。
恒河禅定，道宗无我，缘起灵归缈。
修耕潜炼慈航晓，梵诵云游早。
木鱼音泛导神魂，殿宇香飘畅杳。
皈依普渡，谈经静蕴，陋室铭心昊。

心归处

秋深陌上风云幻，野菊摇蓠舞曳沉。
丹桂飘香书赋曲，碧空映画入心琴。
窗含远岭延幽月，泉引斜枝逐瑞音。
落叶萧峰致霜语，芳华万卷御诗浔。

秋深吟

垂柳清寒草竭微，廊桥落叶羡云飞。
秋霞暮鼓相应笑，雨醉晨钟和扬挥。
酒盏凝酣诗兴起，星河枕梦韵沉归。
晚篱野径楼前曲，冰砚兰笺肆意霏。

水调歌头·五台山禅秋

五峰耸天立，万里牧云流。
石崖平栈，文殊禅道梵音游。
望海大圆镜智，挂月妙观察慧，锦绣不空舟。
叶斗翠岩路，普渡众生修。

平等行，积成就，悟法悠。
霞衣佛著，恰得烟雨蕴含秋。
丹桂檀宫承粹，策杖诗穷斋墅，醉赏广寒楼。菊撰山河赋，入画月如钩。

【43】

周永红，男（1975—）中共党员，贵州省遵义市道真县人。贵州遵义市道真县诗词学会会员，道真县文艺家协会会员，遵义市诗词学会会员，贵州省诗人协会会员，贵州省诗歌学会会员，诗集《江南游记》编委。在网络平台和报刊发表诗词两百多首。

永远到底有多远（外一首）

文/周永红

相识在一个偶然的机会
那一次和你同坐一列火车去远行
萍水相逢
素昧平生
彼此擦肩而过
你浅浅的一个回眸
让我浮想联翩

仿佛这么凑巧

在人生极度失落贫困潦倒之时

认识了原本不该认识的人

相谈甚欢

谈吐之间颇有相见恨晚之意

人生就是这样

得到过不懂得去珍惜

失去了才知道去拥有

离开的那一天

你给我说爱要到永远

我也不能肯定

这永远到底有多远

可山河依旧

春风轻拂

深秋的雨

深秋的雨

淅淅沥沥 雾霭沉沉

当下 这个时节

很适合我放慢奔跑的脚步

静下心来去写一首发自肺腑的小诗

用怎样的语言可以表达

我内心卑微的念想

到哪里去找那么好的人

可以表白

此刻满满忧愁的脸庞挂着无赖的乞盼

让人无法用语言拒绝

只是用耳朵去倾听

那个孱弱的小心脏开始搏动

卟咚卟咚直跳

这一切的不如意

就让这一场预谋已久的秋雨把它带走
吧

深山夕照深秋雨

久违的阳光终于落下帷幕

深秋的时节深秋的雨

因为灿烂离不开你

不再去奢望

大雨滂沱的清晨你会为我

送去一把伞

而我就在那个无名的公交站台

傻傻的等待

一个回眸的微笑

加上一个可以肯定的眼神

站在原点

我还是原来的我

只是多了一些坚强

还有一份执著的心而已

【44】

侯佩君，女（1978—）原名侯宝利，笔名：佩君，出生于双鸭山市。生活在美丽的边陲小城双鸭山市，从事教育工作。热爱诗歌写作，作品多刊发于网络文学平台、诗选集等，2019年获（诗人乐园）草根文学奖。

月夜行（外二首）

文/佩君

十指相扣
在青苔小路上慢行
听落叶无声
惊了点点流萤。
晚风轻柔
吹散了月下 乱红
石桥旧泉微断
却清晰了草中虫鸣

月色迷迷
片云悄遮朗星
呢喃才罢
见竹篱又巧挂斜影
抬眸相对去
不见昨日酒浓
秋里怎只有寂寥
你就是我此时的风景

浅吟

习习晚风
吹散了一地尘沙
抽梦成林
植满五味陈杂
君在竹里对棋
不见小楼夕阳潜下
怎一个情字难消
惹来娑婆蚀骨的牵挂

廊前浅吟
执相思缠绵成画
小轩窗慢慢推
已落了满苑桃花
纵是以墨代语
亦难割去那缕倾轧
我坐听虫声四起
春衫袖湿才肯罢

绿叶沙沙

树枝摇曳绿叶沙沙
仿佛呢喃着
最温柔的情话
掠起一缕青丝
携思念编织进胭脂长发
你的模样已触入
一个人一帘梦一杯茶
在旖旎的竹石小巷中
撑开油纸伞
任霏霏细雨飘下

谁在哼唱采菊东篱
青苔小筑之上吹笛赏花
点燃岁月的清香
驾扁舟一叶迎你早回家
这份相思啊
美了四季 醉了乱红
痴了天边那抹晚霞
真回来了吗
你看啊那廊廊之旁
树枝摇曳绿叶沙沙

【45】

王天德，男（1948—）字仁甫，网名形上，浙江省义乌市人。系浙江传媒学院教授。退休后从事媒介素养研究，担任中国广播电影电视社会组织联合会媒介素养研究基地副主任、浙江省媒介素养教育研究会常务副会长。应邀出席联合国教科文组织媒介信息与跨文化传播大会三届，并发表演讲。近年来喜爱诗词学习与创作，2019年7月出版《形上诗词二百首》，同年9月获北大荒文学馆举办的最具人气诗人全国网络大奖赛第一名。浙江省新时代诗社社员、浙江省清音诗社社员、浙西词社社员，哈尔滨呼兰区作家协会会员。

王天德/诗四首

见银川诗友薛锋漫成

经年相识长，南北两茫茫。
山水诗中叙，风云词上狂。
贺兰鸿雁至，西子凤台望。
乍见疑惊梦，阳关初约翔。

贺毛亮乔迁喜成

朝倚窗台望紫光，枫红纷竟满幽芳。
华章溢彩贵堂咏，文宴流辉富阁扬。
虎跃金居人鼎沸，莺迁仁里鹊霞翔。
南檐清眺北奇丽，玉润侯门出栋梁。

万木春相聚湘湖漫成

荡漾湘湖绕岫环，水光秋色嫩枫间。
南窗静谧沧波谷，东岭清嘉叠巘弯。
榭阁有痕烟柳逸，堂轩无醉锦帆闲。
春华万木千峰翠，明月星辰照我还。

重阳节与友人国良部长塔石登山

远奔苞玉稻畴间，正午随杨塔石山。
友约东乡南地菜，风吹庄处岭头弯。
苏村不觉感恩耸，府第皆惊古朴颜。
异境登临归返道，疾驰意寄再新班。

【46】

钟静，男（1963—）湖北松滋人，现居深圳。湖北省作协会员。1985年在《长江文艺》发表诗歌处女作，曾在《星星诗刊》、《长江文艺》、《芳草》、《诗歌报》、《湖北日报》、《奔流》、《长江丛刊》等省级以上刊物发表作品近400首。1998年获湖北作协征文诗歌一等奖，出版诗集《歌者》。搁笔多年，2017年回归诗歌。现任荆州市作协常务副主席。

白露（外一首）

文/钟静

一夜之间，大地的愁绪被秋风收拢
这天地的精灵用沧桑覆盖所有的枯荣

我们不会留意一滴水珠的遗憾
霜的冷漠与秋风合谋
抵达事物的本质
草木枯黄的心事，只有一夜露水来抚
慰

大地苍茫，我们匆匆的行色
偶尔被亲情打湿
走出忧伤，太阳撞开敞亮的道路
而昨夜的缠绵只留下心酸
在叶尖上抹泪

夏至

万物生长的季节
我用默契将夏天的燥动安抚
荷塘绽放的花朵把蜻蜓诱惑
点水的舞姿挽留夕阳

疼痛的身体躺在麦芒之上，
沉甸甸的麦穗是我对故土的姿态
弯腰低调的样子很谦恭
面对逐渐荒芜的村庄
诚实的阳光把我挤出水来

老屋贫困的喘息
一头牛在啃食夏季的欲望
闲适的农具靠在墙边打盹
母鸡带着小鸡觅食
一些虫子在野草中浅唱
我喜欢这些朴素的事物
在一个节气里吐出新绿

【47】

熊生贵，男（1958—）号瑶湖布翁，江西南昌人。高中文化，退伍军人，中华古诗词爱好者，作品散见于《中华诗词》、《诗词吾爱网》、《中华诗艺社》、《红柳文学》等诗刊及诗词网络平台，退休后喜爱以诗词创作为娱。

熊生贵/诗五首

丁酉初雪

云间百炼喜绒花，落地无声润物华。
铺就豫章银世界，折梅郊野灿如霞。

秋韵

寒鸿北上觅南方，遍野茫茫众草黄。
碧水鄱湖吞落日，雁声歌舞伴秋凉。

夏咏

骄阳高挂麦初黄，阵阵鸣蝉噪白杨。
谁在红楼欢乐曲？参天树下好乘凉！

国庆游西湖

秋赏西湖碧水摇，轻舟逐浪涌人潮。
许郎情爱今何在？不尽遐思望断桥。

军 旅 情

戎装惜别几多年，相约松城月倍圆。
青沃军营寻旧迹，路张水井饮新泉。
开怀重把红歌唱，留影还将美韵填。
蹬上高山凭远眺，一轮旭日跃疆天。

【48】

李梅庭，男（1962—）湖南攸县人。
商人，热爱生活，喜欢古典文学诗词，古
风体与现代体结合。作品散见于网络平
台、诗选集等，2019年获（诗人乐园）草
根文学奖。

李梅庭/诗词三首

秋 菊

金菊花开日未斜，东风吹绿满天涯。
且看一片青山色，不见人间八月槎。

晚 秋

晚秋摇绿水，新笋出红棉。
最爱东篱菊，年年岁岁迁。

满江红·井冈山

一抹烟霞

浑忘却
玉山金水
忆往日
风流胜概
天上人间今古恨
眼前都是伤心史
算从来
万事总成灰
凭谁说
长啸罢
歌声里
空自叹
英雄泪
为君舞
此身犹在何似
只有足迹青箬笠
且看年迈苍颜悴
忍重听
猿鹤旧巢痕
销魂地

【49】

晏小琼，女（1966—）衡阳人。原
衡阳常宁市常宁七中教师，现就职双坪完
小。热爱旅游，诗歌文学。作品散见于网
络公众平台。

暴 雨

文/晏小琼

白墙黛瓦上

升腾的雾霭啊
古老的小镇氤氲在
艾草的馨香里
喝一碗艾叶姜汤水
涉过雨后的沟沟坎坎
每一个山口
驻足着一份牵绊
那是孩子们热烈的
期盼

【50】

赵英，男（1956—）甘肃陇南人。中共党员，本科文化程度，军人出身，长期在驻新疆部队服役，大校军衔，已退休。现为中华诗词学会会员，中国楹联学会常务理事，新疆楹联家协会执行主席兼秘书长，新疆兵团诗词楹联家协会副主席，新疆军旅书画院艺术委员会主任。

赵英/诗六首

车过果子沟大桥

旧迹难寻认雪峰，凭栏绝顶眺飞虹。
驱车天堑风光路，伊酒浓香醉塞翁。

伊犁赏花

人道伊犁花海洋，春山五月最芬芳。
红黄白紫清香远，尽染胡天秀靓妆。

天山红花

春风雪水润坡原，百里红霞染大千。
我入花丛觅佳句，欲将焰火向天燃。

库尔德宁遇雨

草深路隐苦寻春，雨洗花山万象新。
翠岭吾来犹自许，逍遥也是等闲人。

百里画廊唐布拉

天然画卷实难逢，绿水青山一路中。
花气吹来香满袖，到家不忍抖衣蓬。

那拉提草原

烟霞一缕草萋萋，牛马羊群香满蹄。
感谢雪山清澈水，常捎云朵到天西。

【51】

鄢德明，男（1964—）湖北天门人。笔名鄢鹏飞、日月、奔驰、寒剑等，网名云鹤居士。因受其父"历史问题"的牵连，在"广阔天地"里接受贫下中农"再教育"十多年，饱尝了生活的艰辛。回城后当过工人、干部、记者、编辑，从事新闻工作十几年，发表新闻通讯、消息、新闻评论、新闻摄影等各类作品近百万字，发表小说、诗歌、随笔和杂文等文学作品

二十万字。现为武汉市作协、湖北省作协
会员。

你在我的梦里（外一首）

文/鄢德明

男：

在我的梦里，

你是我的人间瑶池、仙境般神奇。

我是你百年前遇到的那只雄鹰吗？

可我找遍了整个山川大地，

只能见到蓝天翱翔的双翅，

只能听到林间婉转的莺啼。

多情的雨，把追寻的烦恼洗尽。

我戴一顶斗笠身披蓑衣，

在蛙声起伏的田埂上歇栖，

手捧清澈甘泉让灵魂屹立。

风雨中，你揽一缕烟云飘逸，

缓缓拂过我半个世纪的寻觅，

给了我纵情驰骋的惊异。

我驾一叶扁舟在距离松、竹、梅

本已很偏远的湖泊中飘移，

微笑着凝眸，等来的竟然是

一个漾开蒹葭的素衣女子。

女：

在我的梦里，

你是我的沧海桑田、救世般神奇。

我是你百年前放生的那只蜻蜓吗？

可我寻遍了漫长人生花季，

只能闻到百花浓郁的气息，

只能仰望飞翔的云鹤哭泣。

温馨的风，吹三生的缕缕相思，

我披一袭红纱月下吹笛，

在锦鲤跳跃的荷塘边沉迷，

裹胸束腰飘袖并莲步轻移。

月色下，你捧双手清波涟漪，

悠悠穿过我九曲十八弯的回音，

带给我色彩斑斓的繁星。

我荡一索秋千在距离风、雅、颂

本已很久远的年代里求祈，

微笑着颔首，唤来的居然是

一个跃起芙蕖的青蛙王子。

喜气洋洋过大年

把对祖国的热爱蒸成饭团放桌前，

把对亲人的思念包成饺子加点盐；

把对老人的孝顺做成佳肴摆眼前，

把对子女的呵护炖成鸡汤熬成粘；

把对朋友的关爱酿成美酒味甘甜，

把这一年的好成果好成绩都串连；

把远方的亲戚朋友一起来思念，

全家欢聚一堂，喜气洋洋过大年！

把阖家团聚包成五彩汤圆做勾芡，

把家庭幸福做成欢喜丸子当爱恋；

把人生的快乐做成肉年糕摆桌前，

把生活的希望酿成美酒端上家宴；

把新一年的喜气喝进肚子蹭上脸，

把身心健康煮成功夫茶当瑜伽练；

带着全家男女老少一起来锻炼，

全家欢聚一堂，喜气洋洋过大年！

【52】

郭佑,男（1962—）中共党员,宁夏中卫人。网名：平和尚雅。大专学历,中华诗词学会会员,宁夏诗词学会会员,西夏区诗词学会会员,海原作协会员,《中国当代诗歌大辞典》特聘签约诗人,《燕京文化艺术交流协会》会员,签约诗人（作家）,《中国近代百年诗歌精选》编委,2019年度世界华语诗王争霸赛"首席指导专家",2019年"中华中秋文化大师"。

郭佑/诗词四首

秋去冬来

秋声霜里去,冬语雪中来。
麻雀依然舞,菊花不再开。
青山描素景,碧水筑银苔。
柳蓄凌云志,梅妆俏丽腮。

鹧鸪天·秋思

白露凝霜万木萧,西风伴雨百花凋。
喜观篱苑开琼蕊,亦看松林荡碧涛。

情切切,路迢迢,心飞梓里梦中聊。
枕边汇聚相思句,泼墨挥毫又咏陶。

鹧鸪天·嘱咐孙子

幼小孙儿道路遥,时光荏苒惜春朝。
为人正义须行好,做事忠诚必记牢。

情恳恳,意昭昭,勤研苦学出英豪。
文韬武略当兼备,超越方能效舜尧。

蝶恋花·夫妻

岁月峥嵘同奋进,共度时光,皆把酸甜饮。两地相思情更甚,晚来风起难亲近。

男女之间须信任,相敬如宾,赢取前途顺。祝愿夫妻交好运,生儿育女传宗胤。

【53】

党同榕,女（1949—）笔名：静静的百合。原籍山东,定居新疆伊犁。大专学历,汉语言文学专业。中学高级教师。喜欢用朴实的语言记录心情。作品常见于网络及刊物,在"中国新导向短诗赛"中,曾连续获得优秀奖。2019年,获（诗人乐园）草根文学奖。

中秋的月亮（外一首）

文/静静的百合

中秋的月亮
你,不在天上

而是在江河湖海
水，是你的第二故乡
你，不是升起在高高的山梁
而尘世间人的眼眸
才是你升起的地方
你，不在高高的苍穹
而在夜行人的心中
你的温婉，你的生动
引出了多少隽永的诗情
游子凝望你的静美
躁动起思乡念家的心
守候之人仰望你的圆满
手抚琴，夜难寐
拨动心弦，把想象弹遍
蛩虫低鸣，月光空濛
中秋的圆月
就如红楼那部书
不同的人有不同的解读

冬季的背后是春天

玄妙的世事
真假难辨分
好与坏也在不断转圈
宛如波翻浪涌中的小船
会被掀入谷底
也可能被推上浪尖
麻雀曾经被人人喊打捕杀
拿着麻雀的腿到生产队
给奖励并计算工分
现在却是二级保护
进了野生动物重点保护名录
这如同月有变换

冬季的背后是春天
一重水，一重山
柳暗花明，花明柳暗

【54】

丁新桥，男（1963—）汉族，湖南省攸县人。中医师。中华诗词协会会员。热爱祖国传统文化，喜欢歌赋诗词。业余学习诗词写作，有部分诗词刊于《沧浪一路诗怀》、《中华诗词大典》、《华夏诗歌大典》、《草根诗集》等，还有部分诗词散见于《诗词吾爱》、《沧浪诗苑》、《翰墨清吟》等多个网络诗词平台。

丁新桥/诗五首

国庆欢歌

万人同舞颂尧天，喜庆欢歌共向前。
携手并肩齐奋斗，小康路上写新篇。

图强开新

风雨兼程七十春，雄狮觉醒振邦邻。
扬鞭跨越崎岖路，迈步前行正气身。
使命担当伸道义，初心焕发抖精神。
与时奋进须除旧，华夏图强勇鼎新。

秋天

一行鸿雁奔南洲，千里江河向海流。
几缕霜风惊落叶，漫山金菊笑欢悠。

秋色

草枯荷谢雁离乡，会意传情野菊芳。
夏日蝉虫声渐远，满山红叶炳辉煌。

清晨

风清气爽日初升，湖水红霞织锦绫。
芳草香花怡彩蝶，参差苇上展鸥鹏。

【 55 】

赵金英，女（1970—）河南省安阳市内黄县人，现居广东省惠州市。曾在《莽原》、《惠州文学》、《现代诗选》、《安阳日报》、《惠州日报》、《奔流》等报刊杂志发表文学作品，多次获奖。

客家女郎（外二首）

文/赵金英

你是乡村一个不知名的
女郎
着一身客家人常穿的
衣裳
人们只知有一个熟悉的
面孔
只有伢仔才知叫声
娘
那条红土路不知走了
多久
那副千斤担不知挑了
多长……
清风里
渐渐消退了凉帽下
仅有的红颜
夕阳下
伴老水牛渡过寸寸
时光
曾经
有过一段荣光
青山
仍记得童声山歌的嘹亮
牛背上
曾经是你甜甜的梦乡
溪水欢唱
凉帽下
清爽的风姿
也曾是阿哥心上的
蜜糖
羸弱的双肩挑起生活重担
禾田锅灶和孩子
成了你绵长的
辛忙
啊！可敬可爱的
客家女郎
岭南山乡怎能遗忘
天为你蓝
云为你白
鸟为你唱

富庶的山乡
罗浮山的高大
有你们
柔弱而坚强的
脊梁

地铁路过大芬

地铁飞速
耳边只有
报站名的声音
一车的
低头族
抵挡
窗外的世界
听说
大芬有很多
油画家
能复制很多
达芬奇和他的
蒙娜丽莎

刹草

清晨
隆隆的声响
惊醒了梦境
瞬间
一股股青草香味
弥漫了整个小区
鼻孔里都是青草
在飞舞

雨后
园子里长满了
星星草、马齿苋还有
灰灰菜
也有遍地的荆棘
采摘野菜
下锅
营养了整个星期
野草在蔓生
高过脚膝
蚂蚁们匆忙在搬家
最近新闻里说
香港很乱
刹草机在怒吼
青草们都安静下来
用绿色
装点和平
不再杂乱
回归
安稳

【56】

董亿仙，女（1993—）原名马艾米乃，回族，青海省民和县人。字：懂我，号诗情居士、诗仙女。热爱诗歌文学，作品散见于网络公众平台。2019年获（诗人乐园）文学奖。

唯美信仰

文/董亿仙

清明心静，一本古兰经，
即兴执笔，于是宁静的心走向万物
我不再是幻觉中清高的仙子
繁华美景，都曾略带感伤
一幅特有的画面

己敲打我摇晃的内心
庄严，肃穆，心向麦加
亿亿万万人凝聚在一起
纯洁的绽放着一个信仰：穆斯林

我内心感到自信飘逸
荣幸，我是其中一员
也曾，为自己的无知竖起汗毛
我们穆斯林为真善美所在
我虽不是文人墨客

但，坚守信仰
它，让我变得纯净无暇
我内心看到一位使者（穆罕默德）
优雅谈吐超凡脱俗

音容笑貌刻在心灵深处
似乎透视一切
坚守信仰，能让枯萎的花儿再度芬芳
如初
能让有生命的一切变得水灵生动
这颗心，瞬间也看到了火狱，天堂！
今世只是短暂的，后世才能长久！
那么，我们就以一颗感恩的心存在今

世，说好话，做好事，存好心，不作孽，
不作恶
当然，功修更在于学习古兰，做礼拜
只要心净则明，让我们的心灵沐浴在
信仰中，
总能感悟这股淡淡的清香，一洗尘
心！

【57】

何友年，男（1955—）网名何为贵，字咏言，斋号一山斋、倚山居。铜川市王益区人，中共党员，大专文化，政工师职称。现为中国书画家协会理事，陕西省书法家协会员，陕西省于右任书法家协会会员，陕西书画艺术研究院铜川分院副院长兼秘书长，铜川神州书画研究会常务副会长，陕西省榜书协会铜川分会副会长，陕西省军旅书画家协会铜川分会副会长。除书法外，喜欢古典诗词和唱歌。被骋为王益区诗词协会顾问。书法作品多次参加全国书展并获奖。入选"柳公权"杯全国书法展，首届梁披云书法展，纪念改革开放三十周年全国书画展等。入编第三届全国粮食职工书法集，"诗画铜川"书法集，"铜川市书画精品展"书法集，药王养生节书画展等多种书法集，又在宜君鬼谷子庙，铜川孝道碑廊等多处上碑勒石。

何友年/诗四首

耀瓷赞

耀瓷文化千古绝，件件寓意壶中来。
藏尽天下奥妙事，人心如何杯辨别。

七夕感怀

七夕桥鹊尽相同，唯有真情爱更浓。
共死相依离不弃，回眸梦盼永相逢。

观柱顶石赞

小巧玲珑为柱顶，雕琢精美屹庭中。
撑得大厦万千座，甘愿付出默无声。
圆如国威震天鼓，方似乾坤铸神功。
世间万物皆有意，不忘初心守始终。

晚秋

霜过落叶厚，山静林更幽。
鸣蝉无处觅，啼鸟枝上愁。
花坠庭院里，寒意浮心头。
晚秋不忍去，冬催怎能留？

【58】

杜天宝，男（1963—）陕西省大荔
县苏村镇陈村人。原陕西工学院毕业。主
要作品有诗集《时光与命运之蛇》、《咏
大家》，长诗《场景》、《雨果》，诗歌
《象尾生一样》、《马加爵》等。

田园（外一首）

文/杜天宝

精致的田园不是田园
已经失去了田园的气韵
它不过将城市腐朽的
身躯延伸

人造的自然不是自然
其间找不到悠游的神仙
不管人怎样化妆打扮
给人的都是俗气熏天

真正的田园就是自然
即使荒芜也生意盎然
上天在头顶暴语喧天
偶而有一只鸟儿飞过
天上顿时一片静默
疲惫的人们要得到休息
须到真正的大自然里

时光隧道

时光是个长长的隧道，
起自何时无法知道，
何时终止无从知晓。

时光是个长长的隧道，

隧道多象长蛇一条，
生命在它的腹部艰难前行，
谁又知它何时摆摇？

你不知蛇摆向何方？
更不知你会跌落谷底，
还是将要蹦上山岗。

谷底山岗，山岗谷底，
一生漂泊哪由自己？
你怎能了解蛇的脾气？

【59】

李智德，男（1979—）湖南永州祁阳县人。原名李祖德，又名李祖国，号称芙蓉仙子，毕业于华南理工大学。系潇湘书院协会会长，商人，画家，女书传承人。从事建筑设计、装饰画、工商管理，经营安保队伍。喜爱英文，日语，琴棋书画，乐善助人。

李祖国/诗四首

挽情

金秋落叶异乡恋，事非人若两茫然。
相遇相知谁识君，岁月不饶恨此挽。

秋恋

此情可待人追忆，挽秋千影万晴天。
滕然不知黔西人，梦然情在南山中。

秋篱笆恋

秋地黄叶两崇天，酷帅皇廷鸿雁飞。
家书万里摇手隔，众志红叶随风堤？

菊花残

秋菊挽秋影，唯独花自寒。
冲天香满园，境袖花搂兰。

【60】

卢征，男（1965—）网名秋水长天，河南郸城县人。现任新疆伊犁州党委政研室副主任。新疆伊犁州诗词协会理事，河南省周口市作协会员、郸城县作协理事、诗词协会会员。

卢征/绝句六首

春雪随想

春雪随风悄悄来，遥山渐隐旧亭台。
此时更忆童年事，故里梅花已盛开。

赞伊宁市海棠街

塞外江南又遇春，几多仙子下凡尘。
街旁早有花千树，谁是观花第一人。

山村即景

种完红豆种完瓜，院里茼蒿亦出芽，
姑嫂黄昏稍小憩，闲依树下说桃花。

暮春昭苏即景

高原美景更何寻，几处春光掩杏林，
雪岭也充惆怅客，四时长作白头吟。

七夕（词韵）

谁握金簪出帝庭，银河一道隔双星。
我心愿做填桥鸟，长系千年不了情。

秋果

春天恣意绽芳华，夏日青萌缀树丫。
几次寒霜招惹后，羞红秋果在谁家？

【61】

周亮，男（1967—）籍贯重庆铜梁，生于江油。曾用笔名：志超，阿亮，子羽，错思等。系江油作协，绵阳市作协会员。原长钢文联文协理事。一九八六年开始发表作品。先后在《长钢文艺》、《四川工人报》、《成都晚报》、《攀钢日报》、《窗口》、《文苑》、《飞沙》、《马兰花》、《星星》、《青年作家》、《南方诗刊》等刊物杂志上发表过作品。1992年1月获首届巴蜀文艺（产业系统）三等奖。2005.7获中华文艺家《优秀文艺家》称号。

霜降夜雨中（外一首）

文/周亮

雨密集的织着丝线
在霜降这天
传递着换岗的冬天

我想起山岭上
整装好的枫香树
红透的叶
是否能滴嗒出红色
而悄然失眠

多少年过去
每到冬天
那道枫顺的山梁
都在我胸膛
起起伏伏

我想拾捡那些山路上
发亮的脚窝
看群山里巍峨的人们

是如何在岁月的节气上
交相辉映

枫顺 你在山岚下
一切都好吗
蘑菇
神灵的梦
在松针和落叶下
数着一颗又一颗的雨
是如何成为念珠
在心口吟诵
阳光一出来
一不小心
伸了下懒腰
就在山里显了形

记住我从来不慢
那些 泡蘑菇
爱磨蹭
是人类的事

所以人啊 许多事
说干就得去干

【62】

朱念清,男（1958—）字竹韵,号怡
静斋。山东省青岛市即墨区南泉社区人。
农民,高中文化。系诗词吾爱网,江山文
学网注册会员。酷爱诗词,赏析与创作。
以诗抒情,以诗咏物,以诗言志、讴歌时
代。作品散见即墨诗刊,青岛诗刊,历山
诗刊,墨河韵语微刊,大上海诗词微刊。

曾在即墨居家博览中心杯首届墨河韵语诗
词大赛中获奖。

朱念清/诗四首

秋日枫林

朝阳红处是吾家,门处清风迎客侠。
斜日映晖庭院上,枝枝绝胜紫薇花。

墨河流韵

李杜之风带露香,墨河韵语远流长。
浪花朵朵滋国萃,唐宋遗音响四方。

牧羊拾趣

羊肥草绿沐霞光,马背琴悠枕旭阳。
独唤清风同进酒,推心置腹话苍桑!

游即墨古城感怀

古邑聚英贤,碑坊历册连。
俊杰人仰慕,步步阅千年。

【63】

祖永长,男（1970—）哈尔滨人。
爱好用文字记录抒发情感。作品散见于网
络平台。2019年,诗歌被《草根诗集》收录，荣获（诗人乐园）草根文学奖。

汪洋里的一叶舟（外一首）

文/祖永长

浮浮沉沉
跌跌撞撞
从启航的那刻
就已注定飘摇人生

曾试图与风为伍
可擦肩的都是惊涛骇浪
欲携鸥做伴
却总是
错过飞翔的翅膀

扁舟依旧
在这浩瀚无垠的汪洋里
不知哪里是方向

前路
归途

但愿
别来无恙

雁南飞

雁
情的使者
烟雨红尘中
亘古不变

往来于
春风得意
秋果殷实

衔着唐诗南去
鸣着宋词北回
时而悠扬
时而哀怨
又怎奈世间冷暖
迁徙
轮回
演绎人字的
悲欢离合

【64】

刘国泉，男（1972—）笔名：泉文，江西南昌人。本科学历。文学作品散见于《中国诗选刊》、《中国诗歌月刊》、《红高粱文学刊》、《新诗歌刊》、《都市消费报》、《新余市广播电视报》、《江南都市报》等，曾多次获奖。

二月心河

文/刘国泉

那一年，那一隅
那一束花儿，紧了半月花儿
为那个特别甜的日子
春风得意的二月
一个青涩的眼神
交换在彼此心河潮涨，潮落

整个春色与烂漫

没有过度的包装

芳香沁了彼此的心

一个不经意的嗔，霞红由脖及耳

痴痴金柳伴着潺潺细流

流进彼此的心间

春天，浪漫的诗篇平平仄仄

悬钩挂着承诺是翻飞的彩蝶

不经意听见，桃花后的甜言蜜语

浓醉一程程风与月

舞动的衣袂随春风吟唱

专属VIP区的流云细语

盖印了一个春天的山山水水

在那古老的桥上携手

倾听流星划过彼此心河的足音

在那古老的桥上携手

仰望七彩虹，织梦彼此心中的未来

在那古老的桥上，携手憧憬

秋天伊甸园的硕果

天下有情人的二月

氤氲着如痴如醉，如诗如画的心河梦

【65】

董义敏，男（1963—）汉族，中共党员，网名：燕赵遗风，石家庄市藁城区人。原长途汽车驾驶员，后当选农村基层副书记。是《华夏思归客诗词学会》特邀作家，《思归客》石家庄分会会长，藁城区《春水诗社》社长，藁城区文学艺术工作者联合会会员，鸭绿江函授创作中心毕业。

夕阳下的廊桥

文/董义敏

踏着夕阳西下的廊桥

漫步在醉人的羊肠小道

远眺黛影中

这个年轻城市的轮廓

倒映在镜泊湖里

大自然的鬼斧神工

雕刻出如歌如泣的镜湖

波光粼粼的湖面

镶嵌着怪石林立的身影

苍翠欲滴

绿草如茵

崆绒绒的黑色长裙

在水红色舞鞋的胁迫下

飘逸着洁白的披肩

行走在弯弯曲曲的十里长廊

闻着茉莉花香的发髻

飘飘欲仙地宛若洒洒长瀑

挪动着小鸟依人的步履

似仙女下凡

跨越滔滔不绝的银河

去追寻三千年不朽的胡杨

攀龙附凤的钻戒

牢牢地捆绑在无名指上

心有所属的心

情必回归的情

不需要的山盟海誓

最无聊的羽衣霓裳

芊芊的玉手
指着远山含黛的夕阳
脉脉含情地想凝固空中
曾不知
明天的太阳
挣脱牢笼般又冉冉东升

盯着湖面上嬉戏的鸳鸯
看着残缺不全的羽翼
和日渐萎缩的翅膀
他们没有往日的怨天尤人
难道这就是爱情的力量

廊桥的尽头
那个穿黄衣服的小姑娘
瞪着哥德巴赫猜想的眼睛
看着我不伦不类的七分裤
和缎面锦绣江山的唐装

鹤发童颜的老者
掌中飞快的转着文玩核桃
矍铄而深邃的目光
瞅着逐渐消失的夕阳

夕阳西下的廊桥
十里廊桥下的夕阳
如梦似幻的残阳如血
挡不住
明天旭旭东升的朝阳

【66】

何心文，男（1949—）广东兴宁市人。曾二次赴越参加援越抗美战斗，十余年的军旅生涯。热爱文学诗词，作品散见于网络平台。

山东战友（外一首）

文/何心文

又到山东，
那里有我的战友，
推门而进，空无一人，
呵！他肯定在果园，
疾步而至，
我渴望着见到兄弟；
秋风习习，
我闻到了苹果飘香；
初心不改，
我听到了军歌嘹亮；
坚握双手，
我感到了厚茧苍桑。
岁月没有留白，
这里有坚毅、汗水、奋斗…
这里有满园瓜果，
这里有鱼跃碧水，
还有那新办的农家乐。
我美滋滋的吃了一锅羊杂，
沫沫油嘴，笑了。
战友开宝马车送我回城，
归途中我默念着，
我曾题写的自作名言：
自古英雄出军人！

一年

又过了一个秋
又别了一整年
珠江悠悠
蛮腰亭亭
佳果累累
泪眼潸潸
我追忆军营的传奇
我翻阅珍藏的画册
我凝视精彩的定格
我难舍浪漫的广州
播下相思的种子
从此收获了牵挂
多情的绿叶子黄了
挺拔的红棉树高了
不倦的南飞雁过了
长夜的相依偎醒了
香醇的老米酒醉了
难舍的老战友别了
唱一首歌吧
我是一个兵慷慨激昂
拉一个勾吧
夕阳路上幸福奔百年
许一个愿吧
明年柳州聚会更精彩

【67】

曹进，男（1962—）江苏南通人。自
由职业者，曾以潇潇雨疏、听风牧旻笔名
在媒体上发表诗歌等作品。

岁月·像一条河（外一首）

文/曹进

岁月，像一条河
缓缓流淌
不舍昼夜
流光里
远去了童年的天真
褪色了初恋的朦胧
暗淡了青春的火红
湮没了人生的迟暮

红颜，因为岁月老去
黑发，因为岁月斑白

是谁？渴望着逆流而上
和你相逢在青葱的时光
嬉笑骑竹马，绕床弄青梅
又是谁？只能随波逐流
和你邂逅在人生的深秋
风采依旧里，相看两不厌

思念的距离

曾经
用思念的尺子
丈量
爱的距离
遥远
不是山重水复
而是
不知如何

叩开
那扇美丽的心扉

曾经
扯一把风铃草
插在孤独的花瓶
谁知
每一枚枯萎的花瓣
都印着寂寞的痕迹
闲愁恰如春草
年年萋萋成烟

【68】

董清周，男（1957—）土家族，湖南省湘西州古丈县人。现是省州县诗词协会会员，非物质文化州级《会溪坪传说》传承人。2019年11月，获（诗人乐园）文学成就奖。

会溪坪传说（外一首）

文/董清周

今天的会溪坪
那是下溪州的演变
土司王朝八百多年的历史
这里就有225年之久

曾经的会溪坪
湘鄂川黔边区的中心
土家族政治、军事、文化的都城
拥有庞大的地盘管辖着22个州

老司城申报世界遗产的成功
再现了当年都城的风范
会溪坪作为它的前身
有着岁月沧桑不可磨灭的痕迹

今天的会溪坪
奉献给了凤滩大坝的建设
浩瀚平静的酉水躺过
掩盖了昔日浪涛的咆哮

会溪坪的溪州铜柱

我们摸着铜柱长大的人
它的远迁带来的遗憾
也只能消失到我们这一辈
作为传说中的神物
不会忘记原址的会溪坪

穿越这里的枝柳铁路
所跨原址的三个隧洞
都以铜柱命名
醒目地雕刻在洞口前

它的上方悬崖峭壁上
一幅巨大的美人头像
带着惆怅的目光
望着东去的酉水河

昔日的酉水号子
曾经都城的辉煌
双溶、太平滩的凶险
伏波庙的神奇
五谷殿的风采

桃界风洞的惊奇
金盆山的风水宝地
碗碗坟的深山露现
椁堂溶的古墓猜测
土司王的出疚之迷
无不烙印在会溪坪境内

燕子岩前的群戏舞
猴儿垭的啼呼
凉亭小辞的闲庭
五里长坡的漫步
都是当年的见证
至今的观光

土家族的擂动鼓舞
土家族的打溜子
土家族的摆手舞
土家族的社巴日
土家族的山歌
土家族的跳乡…
无不从这里起源漫延
土家族民俗民风的摇篮

【79】

杨墨，男（1998—）原名杨吉康，号玉墨浪子，甘肃庆阳人。中国互联网文学联盟特约作家，《芙蓉国文汇》签约作家，挚爱馨石，常行走于水云之间，喜欢与诗词陶醉。出版文学合集《当代优秀诗歌作品选》、《知行文选》、《芙蓉国文汇》、《那一夏》编委、《秋实》副主编。作品收录在《西南当代作家杂志》、《甘肃文艺网》、《草根文学》、《品诗》、《诗博刊》、《寻乌文学》，2019年7月在中华诗词学院梅兰分校学习。

杨墨/诗四首

南国暮秋之晨

雾霭浮云羽化仙，朝阳暖水爱漂船。
风来两岸惊鸥起，墨染神州绿草癫。
秋菊凌霜梅竟艳，桂花带露雁南迁。
西山玉竹倾人醉，紫树催冬欲迎年。

仲秋

桂香摇曳上金銮，北塞胡桃爆绿团。
初日柔和亲菊叶，朝云洒阔立枫端。
江空雁阵归乡惬，钟草霜珠爱意欢。
谷穗藤黄罗喜事，肥田硕果坐银盘。

秋思

秋风肆意酒中癫，落玉飘飞枕上弦。
朝闻常闻秋爱雪，暮听象越雨思年。
开门夜客愁山寺，驻帐征夫勒燕然。
谁解梧声悲败叶，身怀乱绪又加棉。

秋夜抒怀

西风瑟瑟吹，落叶满天飞。
夏末铅华尽，秋来彩境催。

寒蝉凄切睡，北雁断肠回。
窘境人思故，迷途鸟聚堆。
黄芦拴瘦马，游子散灰眉。
毅赴新城去，何时戴玉归。

【70】

王明飞，男（1972—）大专文化，中共党员，河北省灵寿县人。先从军，后入警。工作之余，热爱诗歌文学创作。2019年，作品被《草根诗集》收录，荣获（诗人乐园）草根文学奖。

王明飞/诗词两首

沁园春·长城

横空出世，天降巨龙，山走惊蛇。展万里之遥，千般气概;穿险夺隘，尽显巍峨。经霜沐雪，骨血浇筑，看惯战旗映烽火。且莫问，惜孟姜抛泪，何以评说?

千年岁月消磨，有多少雄壮和悲歌。笑匈奴难越，望却兴叹;倭寇失魂，徒增奈何。中华儿女，众志成城，岂惧屑小与鬼魔。今在矣，擎精神旗帜，还梦中国。

鹊桥仙·七夕

风送便笺，月举明烛，秋虫啾啾相邀。莫笑当年架下人，仍把今夕作良宵。

天遣恨事，地吟绝响，千年美眷不老。当信红绳牵系时，人间处处有鹊桥。

【71】

董素印，男（1965—），江苏省射阳县人。供职于射阳县行政审批局，中共党员，大专文化，盐城市作家协会会员，市级网站特约文学编辑，从事新闻宣传、党委秘书、新闻采编、党史研究、政务服务等工作三十多年，100多万字新闻、文学作品被人民日报、人民网、新华网等各级媒体采用，数十篇（档）作品获省委宣传部、新华报业集团和江苏省广电总台等单位表彰，编辑的《射阳新闻》连续五年受省广电总局表彰，获评首届鹤乡文化英才，入选《中华文化人才库》。

董素印/诗四首

追寻中共一大

一大旧址两地分，上海南湖扎党根。
共产宣言来确定，中华前途定神针。

吾侪饱享党厚恩，追寻一大感恩诚。
不忘初心记使命，民族复兴疾步奔。

抗大·小阁楼

抗大阁楼尺方地，一桌一椅一马灯。
党员修养来论述，党性锻炼有指针。

过钱江大桥

钱江桥上俯瞰江，江水流经高楼间。
中秋汹潮涌一线，国庆平风浪安祥。

登江阴要塞·望江塔

凭塔俯瞰万里江，江阴要塞锁喉上。
自古兵家必争地，如今天堑坦途畅。

遥想当年要塞险，坚炮精兵胜虎狼。
划江而治南北土，国共拔剑弩又张。

渡江战役谋大略，华中工委计议长。
策反要塞不废弹，百万雄师跨大江。

长江今日大变样，两岸热土腾热浪。
射阳江阴两馆立，见证中华潮头昂。

【72】

张定华，男（1968—）网名情深深，
四川省仪陇县人。初中文化，热爱诗歌文
学，作品散见于纸刊、网络公众平台。

张定华/诗四首

钱塘江观潮之感

潮头汹涌起奇观，水面横飞似马欢。
浪子声声吟大海，豪情句句送云端。
江南一路春辉映，岸柳千钧月色盘。
虽是涛涛无逸景，奔波逐梦自心安。

荷花塘

娇容绽放满塘新，绿叶青香似丽春。
为了君心花吐艳，此生水面蝶围身。
晨光采摘窗台杏，明月邀回梦影人。
初始柔情多净洁，终归秀气又清纯。

咏牛

勤劳本事靠攀爬，不为悲愁滞岁华。
随着春秋耕种过，跟从主户走参差。
一生犁劲犁千顷，数亩青禾养万家。
草叶尖头寻美味，农田地里踏天涯。

暮色

江天一叶舟，暮色水中浮。
渡尽斜阳好，归无寂寞愁。

【73】

张峰，男（1966—）洛阳人。自由派诗人，从小热爱诗词与文学。作品散见于各大纸刊、网络媒体平台，现任《都市头条》编辑委员会编辑，南国文学总社郑州分社社长。

张峰/诗词三首

临江仙·赏秋

一度人间秋色，
青山几处枫红，
西风醉染老梧桐。
潇潇秋雨下，
犹似诉情衷。

十月天高霜重，
疏篱独立香丛，
千娇百媚韵无穷。
陶家菊烂漫，
谁共赏花容？

临江仙·秋深

湘妃斑竹含泪眼，
芙蓉倩影无痕，
悄悄风雨扣柴门。
阶庭黄叶落，
不觉已秋深。

纵目烟云归雁远，
疏篱把酒黄昏，
时光变幻怎由人。

梅花如相问，逝去几时春？

浪淘沙·秋声

黄叶落阶庭，瑟瑟秋风，孤独闲弄小秦筝。纸上诗笺拾旧梦，冷月无声。

残夜对孤灯，烛曳摇红，心舟一叶似飘蓬。笔底诗情空纵横，怎慰平生？

【74】

王玉新，女（1965—）山东栖霞人。现居山东海阳。爱好诗歌文学，作品散见于《海阳文艺》、《海阳作家》及诗选集等。

年味儿

文/王玉新

匆匆，
春风拂地；
匆匆，
雪花纷飞。
银装素裹中大红灯笼挂起，
袅袅炊烟中年饭味飘香。
对联，福字，火红的中国结；
鞭炮声，谈天声，玩闹声交织一片。
电视中必定还播着春晚。
新衣服，新面貌，新气象……
新新相映，心心相印。

年复一年，
亘古不变的，
是那一串串的美好寓意，
以及触碰到心坎的情。
年味儿，五味杂陈。
说不清，道不明。
因地而变，因人而异。
但，心中总有思念、总有亲情
浮现。

【75】

张烨，男（1970—）山东省平度市
人，现居青岛。爱好诗歌文学。自由职业
者。作品散见于网络公众平台。

错觉（外一首）

文/张烨

往往不经意间，
人老了！
总怀疑时间过的太快，
还未品出滋味的咸淡。
往往不经意间，
花开了又谢了，
总感觉到突然。
实际上，
时间流失的速度，
依然没变！
有些事，
瞬间便成永恒；
有些事，

永恒只是瞬间！
人太渺小，
唯胸怀可宽。
牵着蜗牛走人生，
是不是此生还能长些？
面对错觉，
心益坦然。

秋 思

叶儿的自由落体，
让始自初春的萌动，
有了一个完美的结局。
似生命的周期，
浓缩在几个月的时光里。
一切那么自然，
又这般平淡！
周而复始的循环，
总是伴随着成长的迷茫与磨难。
阵痛触动着神经，
惬意又将其冲淡！
恰似这秋日的落叶，
躺在某个角落里，
静静地体味着归去的安然！
世界太大！
我们太小！
也只有这生生不息的信念，
让来者欣然，
去者安然！

【76】

李志鹏，男（1972—）祖籍广东茂名化州市，现居东莞。毕业于广东社会科学大学，市场营销专业。现任东莞好明天教育机构董事长，东莞鹏大家具商场董事长。国家一级劳动关系协调师，东莞市茂名商会副会长。作家、诗人。东莞市青工作协副主席，东莞楹联学会常务理事，东城分会会长，东莞作协会员，青诗会会员。在国家级、省级、市级杂志、报纸发表散文、诗歌三百多首。出版个人诗集《相信，爱有最大的力量》。

我是一片白云（外一首）

文/李志鹏

我是一片白云
在辽阔的蓝天中自由飞翔
看大地水草丰茂
听人间悲欢离合

我是一片白云
化作一片雪花
飘落在玉龙雪山上
有自己的神秘和信仰
没有人能触碰我
我是纳西族人的神

我是一片白云
化作一滴甘露
融入到云南的山山水水
这里鲜花满地，瓜果飘香

歌舞升平，茶香四溢
悲哀的是洱海，我不愿意来这里
它不干净，也不宁静

我是一片白云
飘到丽江和大理的上空
丽江太热闹了
像一位过于娇艳的女人
只有原大理六诏国的古建筑
精雕细凿的建筑门、窗、露明构件
青瓦白墙，清淡素雅的山墙装饰
形式多样的屋脊和潇洒飘逸的喜鹊尾
还在讲述着天龙八部里的故事

漫步在青石板的古巷中
清澈的小溪在老街中间哗哗流淌
叮叮当当的打银声传过来
恍然又看见
金花和阿鹏哥牵着手走来……

同学

说起：同学
我脑袋的星空就布满了熟悉名字
扑面而来的张张笑脸
有的在天涯海角，有的近在咫尺
甚至咋晚还喝着酒、唱着歌
摇晃着身体大声喊着谁…谁…

有很多遗憾、不堪
留在心底不能说出的秘密
都像
大海边沙滩上风干的鱼巴

走了。又聚
聚了。又走
看看你。看看我
时间在我们脸上雕刻
一张巨大生活的网
生命中的一次次蜕变
我们就深刻了
奔跑，欢笑和泪光
许多青春的样子
烟花，流星一样闪过

天下没有不散的宴席
如：同学
人生美好的概念
无论做老板的稳坐钓鱼船
经理的运筹帷幄
仕途的扬风起航
还是业务的决战千里
……
阳光能穿透云层
照在我们脸上
总会有一种温暖
憧憬，下一次同学的相遇

【77】

黄梅桃，男（1972—）福建莆田人。
网名梅魂桃韵。一介村夫，热爱诗歌文
学，作品散见于网络平台、诗选集等。

黄梅桃/诗四首

祖国七秩华诞礼赞

九州瑞景万民忺，七秩荣光四海蹲。
展翅战鹰高宇狩，扬帆航母远洋巡。
军工强大金瓯固，领袖英明国祚新。
不忘初心犹砥砺，和谐社会福祥臻。

庆祝新中国成立七十周年

伟大历程七十年，辉煌成就巨龙骞。
人民福祉精谋划，国运兴隆喜接连。
六合时邕夸有道，五星旗帜耀无前。
四军戎帅声威壮，万里江山景致妍。

观国庆七十周年阅兵有感

中华崛起倍多艰，治国强军不等闲。
正步锵锵威甚壮，寒光凛凛盾尤擎。
东风重器惊勃寇，北海神驱震宇寰。
继往开来齐奋进，兴邦遂梦再跻攀。

自诮

闲来捧卷依书牖，读学唐诗三百首。
偶尔兴怀笔下摛，些时得句群中吼。
如题限韵总嫌难，画蚓涂鸦何怕糗。
一介村夫本不才，凡庸怎比经纶手？

【78】

韩静超，女（1990—）笔名小韩，北京人。从事房地产营销管理工作。文学爱好者，酷爱古体诗歌创作及朗诵。作品散见于网络平台。

韩静超/诗词四首

屈原

滚滚翻腾汨罗水，滴滴血泣青泪垂。
梦里曾踏楚歌舞，天明无力挽澜归。
常思百姓流离苦，时忧家国破碎危。
千古抱负离骚恨，一曲流芳后人悲。

梦

七分是假三分真，虚渺神州走游魂。
脚踏清波生云朵，手指莲花见乾坤。
浮生如梦空一场，艰难险境不由身。
山河日月杯中酒，梦里梦外何须分。

记药王庙古柏

穹枝翠叶立云端，淡看红尘苦与甜。
历尽沧桑难改色，福泽百姓佑康安。

深闺多怨

针针细雨落无声。晚风凉，茶冷清。

北斗何沉，寥寥暮色星。娇花几瓣红尘里，落成泥，多飘零。

生不逢时随波逐。深闺里，饱诗书。
窗无红妆，忘忧酒满壶。敛尽风华待字羞，无人懂，月影孤。

【79】

卢笑笑，女（2000—）笔名：暖心笑笑，豫州福地，河南驻马店人。系《中国诗歌网》会员、《中国作家网》会员、《文学艺术大家网》会员、《山城文学》特约编辑，月印无心佛教文化平台特约编委。曾荣获"比投"中国文学艺术名家榜前十名，《山城文学》首届全国征文大赛三等奖。

卢笑笑/诗词四首

清欢岁月

轻纱蒲扇撩素月，半日轻歌续闲愁。
浅钓鱼湾拼茶客，和墨飞诗赞花楼。

秋叶离枝人恼

一夜西风转凉，浮生几度新霜。
最是离枝人恼时，弹诗问墨几章。

春秋多少悄度，风雨几番遭香。

且看迎寒潇潇处，何人悄换新妆。

长相思·词

风相思，雨相思。凭栏醉问情痴痴。
残景恨春迟。
今相思，昨相思。日落西山君不知。
何惧无情时。

河满子·闺情

一任流光消逝，百般思绪难平。
不愿月光总生情，怎奈偏照廊亭。
旧梦萦绕心头，繁华尽写浮生。

【80】

毛平玉，女（1975—）湖北荆州人。
热爱诗与远方。十七岁开始在报刊杂志发
表诗文。作品散见于网络平台，曾多次获
得诗歌文学奖。

思念（外一首）

文/毛平玉

几片泛黄的叶子
在萧瑟的秋风里
似蝶儿飞舞
风吹过的地方
思念随秋

已瓜落蒂熟
夏赠予的一对薄如蝉翼的翅
因追寻你远去的身影
在跋山涉水的途中已折断

无力再随你漂洋过海
追寻那片给我阳光的天空

淡然的眼里
将思念隐藏在黑夜
把你与美丽的风景
一并写于布满幻想的星空
渴望
一场浪漫的流星雨
划过天际
许下来生将你遗忘的愿

雨

洋河渡的雨季开始了吧
每年这个时候
雨就开始不停的下
即便是下雨
天空也透着纯净的蓝
雨从墨绿色的叶子上
一滴滴的又滑落在屋檐下

我在飘雨的屋檐下
等风也等你
风如约而至
竹林沙沙的声响
让我的寂寞如初凄美
你的容颜与身影

在雨中逐渐消失

你说
你喜欢河堤上的灯火
还有洋河渡的雨季
还有天空的蓝

曾经的曾经
已让回忆泛滥

【81】

吕长荣，女（1970—）网名修行者，70年代出生在建设兵团，18岁参加工作，曾从事过企业团委宣传干事，电台工作者，公司主管，个体经营，喜欢自由的生活，旅游，爱好广泛，喜欢理性思考，文笔形式不一，新闻稿，诗歌，散文，杂文，带心而行，随笔而生，作品曾发表在电台，报刊，军刊，网媒，网络平台签约诗人，中国互联网文学联盟特约作家，并多次在全国文学艺术比赛中获得一，二，三等奖，曾获得《中华文艺》中国当代百强才女称号，《全国文学艺术先进工作者》等荣誉称号，并有多篇作品入选国家级大典书刊，被大学，中央电视台，香港卫视及多家图书馆收藏。

吕长荣/旅行者组诗四首

一、

清早坐车游豫地，宝泉风景旅魂翻。
在途焦作留宾宿，继续行程奔一轩。

二、

天地神灵造一方，留恋美景一城香。
招来游客于斯地，凡骨修真身健康。

三、

西部游魂致，快心无限期。
今时连续逛，品味尽然支。

四、

此去扶云意，欣怡故地情。
许文心愿续，期盼再回程。

【82】

赵法为，男（1965—）安徽怀宁人。现在怀宁县金拱中心学校工作。爱好诗词，系怀宁诗词学会、安庆诗词学会、安徽省诗词学会，中华诗词学会会员。怀宁县诗词楹联学会副会长，安徽省诗词学会理事。

赵法为/诗四首

雨中太极情

羲光开剑影，晓雨拭刀风。
舞鹤欣龙鸟，飞拳裂雁空。
身修精气壮，心健海天容。
一入闲云里，春长伴吕翁。

雨醒三更梦

梦醒三更雨，情开枕上花。
兰香温粉面，淑气泛红霞。
窥叶烟窗落，垂帘轶事遮。
轻衣敲韵起，霜发唤春华。

秋乘列车上京城

慕仰香山红叶林，长龙夜驾入清森。
江淮灯火辉明月，燕赵晨曦叹寸阴。
梦枕曹州浮国色，车临衡水醉诗心。
京城日丽衣光洁，何处能寻青石砧。

秋游香山

老树参天石径斜，灵湖落翠泛云华。
风生叶蝶和秋色，霞染层林噪暮鸦。
远客佛门敲信鼓，残碑遗址叹龙筇。
今来朗日香山照，处处眉开二月花。

【83】

肖购初，男（1955—）汉族，网名：远景，湖南省益阳市安化县人。中共党员，早年毕业于湖南省宁乡师范学院，在职进修于益阳市教育学院中文系。从教四十载，先后任中学教导主任、校长、党支部书记等职。学科教研成果获省市级嘉奖。2015年退休后随子女迁居深圳市，2017年加入深圳市长青诗社和深圳市大运城邦《新蕾诗社》会员。曾拜中华诗词协会姜祚正大师为师。受到了深圳市诗词导师徐冰云老师的精心栽培。

肖购初/诗五首

深圳河畔抒怀

梧桐山下菊芬芳，萧瑟寒秋纳许凉。
绿叶恋枝无谢意，红花焕彩有余香。
风吹碧水鱼翻浪，霞染青山鸟绕梁。
深圳河滨舒惬意，陶然入梦度残阳。

重阳·登深圳莲花山

年巡己亥又重阳，问顶莲山眺故乡。
一抹朝霞牵想念，三分夜梦呓家常。
满斟菊酒千秋醉，遍插茱萸万里扬。
奋斗赢来安乐福，豪情与客共飞觞。

教师节感怀

杏坛奋斗苦犹知，遥望黉门理鬓丝。
四十春秋蚕缚茧，霜花剪得满庭枝。
管窥蠡测才疏浅，半亩方田泪汗滋。
两袖清风归故里，一身正气为人师。

游故居香山

雨雾彩虹曦，香山静谧奇。
林深闻客笑，径曲望峰移。
绿叶晶珠亮，沟流小鲫嬉。
倚君游兴致，日暮叹相离。

秋 游

驴友入斜晖，长堤绕翠微。
青山云雾锁，碧水紫霞飞。
日向天边坠，鸥从海路归。
晴川秋气爽，野陌稻粱肥。

【84】

徐玲，女（1970—）重庆潼南人。
重庆市潼南区作协会员，双江小学教师。
诗歌散文在《潼南报》、《涪江文学》、
《西南作家》、《文学沙龙》及网络媒体
平台发表。

妻病了（外一首）

文/徐玲

看着奄奄一息的妻
我也奄奄一息了
一动不动的妻
脸上没有一丝血色
蜡黄 骨瘦如柴
冰冷的手 紧闭的眼
深沉昏迷
仿佛妻的魂游离不在
只剩躯体躺在病房
沉重阴森恐怖的病房
心底呐喊震撼了整栋楼
妻还是飘走了
山崩地裂的嚎叫
撕心裂肺地哀求
你别走
你听见了吗
别离开我和孩子
妻灰飞湮灭
再也回不来了
留下绝望的我
没有希望没有未来
心也随妻游离
妻啊 等我
别飞得太快太高
我拉不住找不到你
妻啊等等我吧
求你 别抛下我

游桃花岛

乘舟踏歌登上桃花岛
岛上桃花朵朵竟不知道外面是夏
幽居山野采摘露珠的野花
赏着蝶舞捕几尾鱼儿
日出而作日落而息
挽一抹夕阳提一篮安乐
岛上小桥流水画廊
屋下瓜棚柳枝连理
门前小花绿草相依
岛边椎衣揉裤
待到清荷满池
筏舟观赏莲花
生活简单安详
一切与风有关

【85】

汪力健，男（1960—）蒙古族，曾用名汪利剑、网名原上草。系吉林省前郭县乌兰图嘎镇蒙古族中学78届毕业生。高中文化，当过民师，爱好文学，尤爱诗歌创作。作品曾在2015年全县廉政文化"五个一"创作活动中获优秀文学作品奖，部分诗歌作品在《文学之舟》、《兰苑文学》等网络平台发表，并在《文学之舟》成立之初任编委，后因故辞退。现存诗歌作品近五百首。

汪力健/诗四首

莫为功名活世间

人生难勉不腾达，辉煌岂在你一家。
问心无愧做自己，傲视群雄走天涯。
有空常将善行为，没事少把麻将打。
莫为功名活世间，健康相伴你我他。

赞网络诗人

从来百花当齐放，心中真情任流淌。
天蓝水绿歌盛世，国泰民安唱吉祥。
不舍古体格局美，更爱今诗自由翔。
人才倍出空前喜，风骚领尽各个强。

爱母校·思故乡

优秀学子愧担当，全仗能工巧梳妆。
母校恩深报不尽，师友情真难相忘。
老马卧槽怀壮志，钝剑斑驳试锋芒。
夕阳映照千山秀，身在他乡望故乡。

致文友

互不相轻自珍重，采长补短求共赢。
天涯海角能比邻，山高水长胜弟兄。
仙圣李杜不复来，羽翼丰盈实力凭。
耕耘何需问收获，铁杵磨针功自成。

【86】

麦利民，男（1966—）又名 Raymond
mai，加籍华人，祖籍廣東台山。曾用笔
名：红尘有梦、步醉天涯。八十年代曾在
家乡任教师一职，后移居加国；于加拿大
经商廿多年，從事飲食生意、创办幼稚園
及日托儿所，2010 年重新执笔，繁忙工
作之餘寄情文学创作，散文，填词作诗，
自娱自乐，尤喜古诗词、近体诗，早期作
品發表于红袖添香、毛泽东诗词协会等媒
體，近年作品发表于多个文学平台。

麦利民/诗四首

游扬州怀古

春风十里闹扬州，江海慈云载客游。
曲巷亭台环绿荫，小桥画阁枕清流。
梅横玉岭香盈袖，月引诗情韵满楼。
千古雄豪争霸处，几曾热血铸吴钩。

夜思

清辉浩荡入帘栊，缕缕幽思曳烛红。
情系潇湘花一梦，心怀庄蝶酒三盅。
高枝霜雪天边月，浮世功名水上风。
多少凡尘云客事，河西十载又河东。

岁月

不羡君王不羡侯，飘香岁月自忘愁。

梦来白鹿怀中坐，抛却红尘世外游。
半卷诗书驱寂寞，三杯杜酒转风流。
浮生懒问江湖事，笑看霜华又一秋。

秋晨思怀

金波玉露喜相逢，色彩斑斓耀眼瞳。
意动三江摇碧水，魂飞五岭逐丹枫。
高情不负千秋月，豪气当如万古雄。
再上瑶池更进酒，酒阑驾鹤御清风。

【87】

郭孝同，男（1942—）网名 灯火阑
珊，生于重庆市，现居成都。1965年毕业
于西南师范学院 物理系。先后在重庆、
成都从事高中物理教学近45年。退休后，
积极参加各项业余文化、文体活动：唱
歌、话剧、拍影视剧、比赛、演出、慰
问…获各种好评和多次奖励；（参演话
剧，曾进京参加"中国话剧110周年"庆
祝活动；参拍电影"取竹有道"入围国
际电影节。）喜好诗词文学，所创作诗
词，曾在各类刊物（含台湾省"青溪新文
艺"）发表。

咏冬（外二首）

文/郭孝同

冬，
不萧条也不枯稿，

没有幼稚、忙乱、浮躁；
多么安祥、淡定、逍遥。
生命蓬勃繁衍，
爱恋熊熊燃烧；
循着律韵怒放在，
春的葳蕤，
夏的热枕，
秋的怀抱；
圆满又一个年轮，
登上层楼的新高；
展隽永之美，
秀顽强之炒；
……………
傲菊枝头抱香老，
红梅已含苞；
冬，
不枯槁也不萧条。

远 方

远方在那里？
展望、向往、希冀；
编织过无数梦幻，
期待着多少惊喜。

远方在那里？
思索、规划、设计；
怀着满腔的赤诚，
踏着登高的云梯。

远方在那里？
不停、不离、不弃！
紧握那随心的笔，

写执着爱恋诗句。

远方在那里？
回首、回味、回忆：
黄葛树下离别誓言，
西窗剪烛巴山夜雨…

茶

取出白瓷藏花乳，
温山泉水，
随尔任沉浮；
轻展漫舒嫩筋骨，
清香浓淡尽倾吐。

安魂定神驱寒暑，
梳洗心灵，
涤去胸闷苦；
诗思流畅佳韵出，
情浓酩酊胜醍醐。

【88】

孙广辉，男（1971— ）汉族，笔名秋丰硕果，河南平顶山叶县人。1995年上海师范大学机械系机电专业毕业。1999年加入中国共产党。工程技术人员。爱好诗歌、散文写作，曾参加文学大赛多次获奖。

孙广辉/诗三首

丰收节约歌

阡陌田畴农民耕，风调雨顺谢天公。
五谷丰登好收成，丰收之年喜盈盈！
爱粮惜粮都赞成，铺张浪费那不中。
春夏秋冬日月行，勤俭节约美传统！

提醒警戒歌

当今社会生活中，家庭美满乐融融！
驾车出行办事情，谨慎驾驶记心中！
美酒虽好莫逞能，它是温柔害人精！
酒驾醉驾都不行，任意一种终丧命！

笑八戒

猪肉涨价人知晓，悟能高兴在炫耀。
环圈怪树站高高，呼朋唤友俱相告。
同类哼唧趋前跑，得势受宠羞耻抛。
天庭犯戒玉帝恼，受惩遭贬人间到。
瘟疫骇人宰杀掉，数量减少身价高！
被幸忘耻真狂傲，你说可笑不可笑？

【89】

刘国均，男（1975—）书名刘根，大专文化，四川宜宾高县大窝人。原就职于高县大窝中学，现在浙江台州工作，职业经理人。香港诗人联盟会员，《中国当代文摘》《中外文艺》《最美作家》《香港诗人联盟》等专栏作家、副主编，全国总工会优秀荣誉获得者，2018年"比投百强榜世界最强作家排行榜第十名"。曾在金江网、百度、搜狐等发表百余篇散文、散文诗、古体诗和流行歌词。深圳今日头条曾两次专刊出版《刘国均真情挚爱专辑》，2018年春节，作品《刻骨铭心的怀念》和《划岩山游记》出版于《中国当代文摘百强作家精品文集.春之卷》；2018年夏，作品《守望》出版于《中国当代作家精品文集.汉风流韵》；2018年秋冬，作品《最美四季歌》出版于《中国当代文学精品文集.淡墨素笺》。因其作品意境优美、对仗工整、用词严谨，2018年《海内外周刊》曾专篇撰文评论其作品有"国文千钧"之实。 代表作：散文诗《当我老了》《守望》《永恒的牵挂》《岁月》《如果》《思念如海》《大学如歌》《情在何方》等；散文《刻骨铭心的怀念》《远逝的父爱》《我的外婆胡永珍》《母亲，你是我生命的启明灯》《划岩山游记》《雁荡山游记》《穿越盘山古道－太湖尖》等；古体诗：《最美四季歌》《秋殇.诗三首》《节日赋》《清明赋诗二首》《词两首—长生乐·春》等。

刘国均/秋 殇·诗三首

秋 思

金秋送爽桂花香，大雁南归路正长。

似雪芦花河岸舞，飘香稻穗谷田黄。
衰桐散叶随风落，潋滟溪沟锦鱼藏。
风吹衣裳人觉冷，举杯邀月恋故乡！

夜难寐

思亲夜半肝肠断，辗转通宵未入眠。
少小离家多苦念，时光磨去旧容颜。
儿童伙伴今何在，流水春花入旧年。
自古多情伤寡义，清秋又至倍情牵。

秋雨夜

连天秋雨滴檐边，灯照堂前只影怜。
半世人生虚度过，何时衣锦把家还？

【90】

陈峰，男（1970—）网名成丰子，湖北省浠水县关口镇横山村人。职业装修工。喜欢打油诗，作品散见于网络平台。

岛的思念（外二首）

文/陈峰

窗外的风，
有咸咸的味道。
新修的柏油路，
没有一个人在奔跑。

一车车的黑土，
垒坐小小的岛。
豪华的独栋别墅，
院子长满青青的草。

寂寞的私人码头，
从没有船停靠。
那个买楼的有钱人，
也许已经出国，
或许在坐牢。

大海不是故乡，
因为海水里长不出稻子，
海滩上也种不出樱桃。
只有游弋的军舰，
还有狰狞的大炮。

其实，
一切都不重要。
因为这个早晨
我只在意你给我的微笑。

装修工人

紧赶慢赶，
还是错过了工期。
所有的细节都成了难题。
该死的小区经常停电，
世界上最忙的算电梯。

公交车上有个座位，
真的不容易。
那个欠我钱的老板，
一直在关机。

微信朋友圈，
很久没有好消息。
老家老爸老妈，
天天忙种地。

在城市忙碌，
总是为工作为房租着急。
尽管生活不如意，
我们一直很努力。

农民工

一群都市里的候鸟，
繁华与自己无关。
因为声音太微弱，
没有人在意我们的呐喊。

回不去的故乡，
蒿草都长满哀怨。
岁月锈死了犁耙，
农民已经淡出了秋天。

几张残存的钞票，
渍满青春和血汗。
足迹就是一幅完整的中国地图，
一沓火车票装订成失去的流年。

塞外的飞雪，
农民工耐不住风寒。
冰冷的出租屋，
农民工也期盼温暖。

孤独的老母亲，
点起无奈的炊烟。
寂寞的留守儿童，
画不出眼中的期盼。

【91】

罗进波，男（1981—）笔名：从野，字：彦杰，号：从野居士。生于重庆市丰都，现居成都。中国乡土作家，诗人。四川省诗词协会会员。虽长期从事家居行业，但自幼酷爱诗词，尤其是格律诗词。习惯于"借用诗词的语言，记录生活的瞬间"，进而实现"咏诗人之情怀，思远方之浪漫。"笔名寓意：本从村野来，愿回村野去。从1999年第一次以《如梦令》为词牌名尝试填词开始，至今已创作诗词数百首，多见于报刊及网络平台，并多次获奖。其中，2018年6月15日创作的七绝《村夜》，已于2018年7月在获评中国诗歌网之"每日好诗"，并收录于《诗刊》。

罗进波/诗四首

村夜

茫茫夜色野云争，隐隐陌阡人未行。
远客村门依老树，荷塘蛙鼓偶回声。

腊梅

傲骨陵冬次第开，平生不愿懂徘徊。
直将笑脸朝天向，哪管酷寒何处来？

早春新雨夜

灯残寞寞卷帘空，野暗凄凄触目穷。
元冀早春连暖夜，只由新雨再寒风。
未闻谁敢无知趣，已使香融继满盅。
酒醉愁消迎日出，诗成梦醒笑天红。

晚酌

饮静心难静，看长晚更长。
矮穹遮远路，残影对孤光。
倚靠楼栏铁，拍除衣领霜。
转身随瑟瑟，添酒向茫茫。

【92】

牛圈，男（1955—）网名：兴源，河南鲁山石佛寺村人。华夏诗词学会会员。鲁山县诗词楹联协会会员，作品散见于《当代诗刊》、《尧山诗园》、《琴台雨巷》、《诗人思归》等公众平台。

牛圈/诗四首

城乡新村

新型楼宇耸连云，凌举层层高雅村。
天上人间合住众，人间天上摞高邻。
月光倾亮重窗眼，阳缕争偎叠户春。
山野家乡成古画，接天楼住舜尧民。

七十华诞抒怀

丹桂摇芳灿华诞，金秋罗硕庆丰年。
和平岁月争先赶，红色天堂共和欢。
万里长城揽华夏，千年穷困叹今天。
建基立业七十载，圆梦小康呼凯旋。

中秋节晚

中秋月亮十分圆，思念一怀彻夜悬。
十五桂香思蒂蕊，玉轮清粉醉乡烟。
嫦娥多恋痴欢舞，玉兔倾情沉妙弦。
围坐举家谈美景，佳节到处唱丰年。

鹰城风貌

鹰城如画竞发展，触目风光天地宽。
海市营商青睐望，琼楼入昊举眉欢。
原来古道沉沧海，近日新途富祖园。
人造运河千里浪，扭腰款舞献娇颜。

【93】

胡敏生，男（1966—）汉，生于新疆伊犁。党员，党风廉政监督办主任，（世界报社特派记者），全国五省区参战老兵联谊总会办主任，高级政工师，研究生学历，参战老兵，剑光书画院院士，东方文学研究院高级研究员，企业高级经营管理师等。上中学爱好摄影，绘画，书法，散文，诗歌写作；上高中经常参加全国中学生绘画，散文，诗歌等大赛多次获得二等奖，三等奖，优秀奖。85年入伍到现在、工作之余，经常创作散文，诗歌等在参加全国性大赛中均获得前三名的成绩。

十二月、2019年最后一个月

文/胡敏生

12月，你好
2019年就剩最后1个月了
曾经虚度光阴的你
没时间浪费了
只有改变自己
不要让明天的你
再憎恨今天不曾尽力的自己
时间如流水一去不复返
2019年已经走进尾声
你好12月
一起期盼2020年的旭日东升
没有谁能留住时间停止不前
但努力的人能够把握时间
今日都是你曾幻想的明天
所以现在

真正有价值的东西是可以不经过
辛勤劳动的付出就能够轻易得到
不迷茫于现在
不迷失于未来
走今天的路
过平凡的生活
人要懂得珍惜时光
不能丢了白天太阳
又丢了夜晚的星空
天道酬勤的含义是
越勤奋，越幸运
你若不相信时光
时光第一个抛弃你
一天只有24个小时
不是每一次的努力都会有收获
重要的不是你站的位置
而是你面临的方向
那些比你走得更远的人
不是比你聪明
而是每天都比你多走了一步
看一步算一步
有梦想就立即动身出发
不要徘徊
别让昨天的你，讨厌今天的自己
最可怕的不是你努力不够
而是比你聪明的人，比你更努力
你必须奋力追赶
因为你成长的过程
无法赶上父母老去的速度
不要说得太多，做的太少
千万不要忘了
只有马上行动，才能证明一切
失去的都是风景
留下的才是精彩

十二月
愿你所到之处，遍地阳光明媚
愿你梦的远方，温暖如春温馨
2019年
只剩下最后一个月
愿你能无悔度过
对未来迎接挑战
再见，远去的春夏秋冬
你好，踏上征程的自己
12月2019年最后一个月

作于遵义
二零一九年十二月一日

【94】

燕福奎，男（1942—）山东省广饶县人。1972年至1976年任乡镇农田水利及道路改造工程、测绘、设计、事工等技术指导。1986年调任广饶县第一中学，任校办企业塑料制品研制厂厂长，去北京"塑料制品开发公司"进修，大学文化，高级工程师，2001年退休。退休后，先后评为：中国老年书画艺术委员会委员，兼黄河口书画艺术研究会会员。

燕福奎/诗六首

咏夏

暑短天长知夏至，人乏马倦歇伏时。
长空电闪雷催雨，大地甘露润生机。

怀友

雨骤风狂天如息，风摇树动觉楼移。
雷鸣电闪怀朋友，唯恐归途奔家迟。

清明

清明扫墓恓双亲，父母坟前焚纸银。
笑貌音容犹如面，初心不忘泪双噙。

冬至

暑长日短至中冬，九九期初历阳生。
地冻河封空降雪，天寒路静少人行。

咏春

新芽戴绿报春生，大地生态处处明。
玉肤红梅开口笑，姚黄魏紫向阳红。

藏头

春盈大地冷冬休，日丽风和暖气流。
景色怡神无限美，和平盛世罩春秋。

【95】

孙中林，男（1960—）网名听蝉。中原人士，机关公务员，国内多家诗词协会会员。诗词作品散见于报刊、书籍、微刊，其中《三苏祠拜东坡露天塑像》获全国古诗词类一等奖。多家诗社微刊编发个人专辑20多个，共收录诗词数百首。

孙中林/诗词四首

神农坛

日照山岚呈壮景，千年杉树伴神明。
金童玉女行规礼，老妪垂翁跪拜诚。
古有神农尝百草，今添良药济苍生。
九州笑看祥云起，四海笙歌颂太平。

鹧鸪天·金猴岭

叶落山峦猴岭登，瀑垂千尺顶峰生。
树杈猴绕追嬉闹，潭水鲟游摆尾轻。
风吹唱，涧流鸣。缓行曲径进山亭。
远离喧闹清幽地，怡性安神瑶阙庭。

雾罩神农谷

云海雪山弥重雾，看人三丈面模糊。
茫茫峡谷烟飘绕，直觉寒风耳际呼。

踏莎行·神农山水

峰插云团，岚知天皓。
车盘远看人微小。
悬崖峭壁树林红，深渊百丈江涛啸。
涧水潺鸣，鸟声欢叫。
青松雪竹迎寒傲。

四时光景变嬗多，万年山立何曾老。

【96】

贾伟，男（1977—）河南尉氏人。自号八千里，任职于尉氏县教育体育局，喜欢古诗词，对中国古文史有自己的见解，己有三十余篇古体诗被国内诗刊收录。

贾伟/诗二首

神游老君山道祖圣地

千年太清源鹿邑，大贤隐化守藏史。
万物和谐生不息，九州四海道元始。
至圣论道缄三日，先师始信龙在世。
紫气东来三万里，斜跨青牛凌太虚。
西出函谷留真言，道德存世幸尹喜。
八百伏牛峰万仞，真人凝观海千里。
十里画屏难泼墨，金顶仙阙神人居。
伊洛瀍水山涧流，君山遗庙道家始。
神龙现首五色云，三清有道一元气。

慕商丘古城文史厚重有感

三皇五帝燧皇始，颛顼都丘高辛氏。
誉承炎黄和九黎，阏伯火创文明史。
玄鸟天命降生商，华商王亥三商起。
古城一脉入鲁国，孔庄共辉源宋邑。
高祖芒砀汉兴地，武帝一统尊儒师。
孝王东苑三百里，相如枚乘梁园聚。

星河灿烂耀后世，仙圣名士欲长居。
水润城摞形八卦，宋梁南京睢阳继。
应天书院国子监，虞城从军木兰辞。
朝宗退仕壮悔堂，香君溅血桃花碧。
巍巍绵绵五千载，华夏文明盛不息。

【97】

邓豪强，男（1998—）笔名吟逍慕遥，广东佛山人士。实习生，爱好创作诗词，看书、听歌，作品曾发表于美篇、公众号、诗词中国、诗词吾爱，简书等各大平台。

邓豪强/看月五首

一

侧耳高山听塞雁，清风两宿舞婵娟。
今朝喜看云霄上，明月何时到眼前。

二

坐看飞花落小楼，清风一缕为谁留。
忽听窗外竹敲韵，明月何时入我眸。

三

灯火阑珊夜未休，孤星残月照寒楼。
不知何处思愁寄，又是一年好个秋。

四

一叶扁舟度几秋，孤帆远影月如钩。
夜长梦短无人问，只把闲愁付水流。

五

坐看青山落日时，一轮明月挂疏枝。
愁心欲寄无归处，唯有清风入我诗。

【98】

刘章际，男（1977—）布依族，大专文化，小学语文高级教师，贵州省独山县影山镇翁台村甲乙人。现任独山县影山友芝小学教师。原创作品散见《贵州文学》、《参花》、《牡丹》、《明日》《少年冰心文学》等刊物，及在中诗网发表几十首原创诗词。

刘章际/诗四首

元宵前夜醉黄昏

宵宵圆圆一家宴，我君行南几日贫。
天公还酒送粮液？子妻祭香招夫归。
身于玉力归不归，攻坚排会立心菲。

玉水合力府·夜宿姑顶精准扶贫

鸟羽藏声南北迁，夜削枝头挑天秤。

迎面空朦玉力府，布姑声鼙宵我苏。
蚯生见日何时了？鹊桥荇条风雨洲。
拧雪织饰靛家俗，男阳出蔗添灶娄。
一笔纸砚金不断，天庭招客志勤游。
智富百川东似海，春江桃李是吏友。

玉力·初阳春

一日春阳三日晕，衣破玉荑青石堤。
驿泽菜花飞黄蝶，横梁檐柱角滑离。
稻香水土天如命，龙泉山头割不断。
朝来路斜无珠眼，夜宿琉璃添客衣。
秋还白头从山起，天坑漏涧荡悠悠。

老耕

夜来一阵轰隆响，海世珍珠无人尝。
朝有阴阳渡心光，宅临水土万件裳。
玉穗摘帽留枝啼，地中老壳风雨化。
银河添送芽插柳，坐闲勤耕两缎肠。

【99】

李玉宝，男（1957—）山东兰陵（原苍山）人。1979年考入山东临沂教师进修学院艺术系学习美术，主攻国画创作，尤爱画梅。毕业后，到某矿山工会工作。1984年调农业银行工作。1985年参加山东广播电视大学汉语言文学专业学习。1989年考入苍山县人民政府经济研究中心工作。1995年调入县政府办公室当秘书。1998年调入苍山县人大常委会教工委

工作。2006年6月调苍山县史志办公室工作。

业余从事文学艺术创作，美术作品《清明上河图》（临摹本）在《文艺报》《山东侨报》《羲之书画报》等报刊发表。国画《红梅报春》等被《促进海峡两岸和平统一书画作品集》《世界华人书画作品集》《世界书画铭录》等画册收录，部分绘画作品被外国友人和国内及港台名人收藏。诗歌作品《花伞》发表在《文学报》上。2002年把多年创作的散文诗歌以及绘画等作品分别编成散文集《家乡的小河》，诗集《你是我的珍藏》。另外文学作品还被收录到《东坡赤壁诗词》《人民文学增刊》《作家报》《历山诗刊》《临沂日报》。创作出版《中华藏名诗大系》（1—4卷）；《那年那月老游戏》。

现为中华诗词学会会员，中国毛体书法协会会员，山东省作家协会会员，山东省美术家协会会员，中国王羲之研究会常务理事，山东画院画师，济南大学美术学院客座教授，临沂大学美术学院客座教授，临沂市诗词学会理事，临沂市作家协会会员，临沂市书法家协会会员，临沂市美术家协会会员。2009年3月其创作的《中华藏名诗大系》（1—4卷），被上海大世界基尼斯总部确认为"含自著藏名诗数量最多的诗集''——中国之最诗集。2009年8月被山东省妇联、广播电影电视局、大众报社评为"山东省百佳书香人家"；同时被临沂市妇联、广播电影电视局、临沂日报社评为"临沂市十大书香人家"。

2013年7月，被山东省新闻出版局评

为"首届齐鲁书香之家",同年,12月,
被国家新闻出版总局评为"全国首届书香
之家"。

2016年加入山东省美术家协会。《中
华藏名诗大系》(多卷本)于2009年2月
荣获"含自著藏名诗数量最多的诗集"上
海大世界基尼斯之最。

我和我的祖国
——庆祝中华人民共和国成立七十周年

文/李玉宝

祖国啊
你是翱翔神州的巨龙
跨越了多少次灾难
和天地对你千万次的洗礼
亿万次的打磨
从女娲的炼石补天走来
从夸父逐日的脚下走过
冲出铜鼎时代的滞绊
万众一心带着向上的激情
走向共和
晨钟暮鼓
山呼海啸
——跨越
如今你送神十飞天
又陪伴我们的航母执法
在辽阔的海洋上巡逻
看吧腾飞处
江山永固
万众团结
我们的祖国这条航船

正以誓不可挡之势
沿着党所指引的道路
驶向繁荣富强
世人瞩目的幸福的祖国
呵,我们的祖国
到处百花盛开
青山绿水结满累累硕果
春意盎然
民风谐和
五十六个民族
就是整个大家庭最美的组合
人民在欢呼
万众在放歌
盛世华诞
心潮逐浪波
江山如画
恰似国画大师素纸上的
大写意大泼墨
祖国呵
我有千言万语想对你说
此时此刻呀
尽使我蘸尽三江水
用尽黄河墨
也无法写尽对你赞美的诗歌
我们热爱你祖国
你是我们千秋不变的生命之根
你是我们中华民族延绵不老的源
祖国呵 母亲
你肩负着新时代的建设
和亿万人民实现中国梦的重托
你如今已焕发青春
你正在奏响向壮丽事业进军的号角
我们在前进的道路上
要不断实践、改革

东方旭日正升

看吧

这边飞流直下

这里燕语莺歌

这里山花烂漫

青山无尽

这里正北国飘雪

祖国到处呈现出欣欣向荣

壮丽多彩的景色

让我们吟唱着雄壮的义勇军进行曲

迎着东方的曙光出发

出发

实现伟大的中国梦

去完成中华民族的

再一次伟大飞跃

《大国诗典》作品2

【100】

全洪辉，男（1966—）笔名：泓一飞，重庆潼南人。重庆市潼南一中语文教师。区诗协、作协、音协会员，市诗词学会会员，《诗刊》子曰诗社社员，《中华文学》签约作家。已在《诗神》、《潼南文化》、《涪江文学》、《大风诗刊》、《重庆诗词》、《重庆晚报》、《巴渝都市报》、《贵州民族报》、《西南作家》、《今古传奇》、《作家视野》、《子曰诗刊》、《文学沙龙》、《一线诗人》、《世界经典文学荟萃》、《中国作家网》等报刊，及网络发表诗歌、散文。

行者·无疆（外一首）

文/全洪辉

鸟飞走了
无法带走树的寂寞
就这样伫望千年于江畔野渡

那晾在吊脚楼上的花衣
印载着青石板上的故事
风铃雨雁帆楫声声
低喃荡漾呼啸翻飞

我一千零一年的伤痕
似乎被灿烂智慧率真的灵眸融化抚平

唉——
当我想搭乘苍苍蒹葭
飘及在水一方时
风又跑出了好远

夜——
把迷惘交给烛光
老宅生长的豆蔻
会伴读不尽的光华

晨——
怀拥片片单纯、清澈
听花开的声音
赏嫣红的朝霞

走吧，走吧
行者——无疆

固执的红月亮
——与思存

把我埋在月牙泉边厚厚的沙土下吧
安安静静地不再睁开双眼
和沙长眠

让干涸的心长成化石
任烈日炙烤
风刀撕割
千千年都不再等待
不求葱茏的血脉
不求恣肆的大海
用人生最后一滴泪
去浇灌胡杨千年不腐的根须

我能化作沙漠之鹰吗
鹰羽焚烧殆尽
涅槃重生
我大大咧咧地衔起半弯月牙
嘶吼着呼啸着飞向太阳
疯狂地喊麦
携孤烟直上云端

【101】

李纲，男（1969—）汉族，重庆江
津人。大学本科文化，高级经济师，诗词
书法爱好者。长期在四川省地矿局基层地
勘单位从事宣传、管理、纪检、工会等工
作，近十年利用业余时间创作诗词歌赋，
发表在本系统内部通讯。

李纲/代表作一首

巴蜀新咏

遥望峨眉金顶光，心许大佛三江澄。

身披九寨五彩霞，邀来西岭雪山云。
询工拜水都江堰，探幽问道上青城。
四姑娘山迎远客，蒙顶飘香茶生春。
海螺冰川神汤妙，瓦屋森森鸟迷魂。
泸沽湖边传女书，月朗西昌航天城。
阆中古城梦三国，剑门雄关天下闻。
华蓥双枪扬四海，七曲文昌斗纹秤。
盐都恐龙冠天下，兴文石海万古沉。
卧龙公园聚国宝，蜀南竹海藏山珍。
大渡河畔千碉国，世外桃源觅稻城。
天赠丹巴美人谷，红原红叶化秋韵。
东方古堡桃坪寨，亲山近水民风淳。
茶马古道什刹海，跑马溜溜游康定。
雪山草地长征路，赤水大渡惊天神。
川陕苏区将帅多，红色之旅记忆深。
羌笛悠扬锅庄舞，永昌水磨立新镇。
恰拿巴街商意旺，吉娜羌寨醉游人。
大灾无情人有情，锦绣巴蜀又重生。
科学重建创典范，地震遗迹表川魂。
武侯松柏参天颂，草堂修竹仰诗圣。
诗仙才情谁相堪？尤诵东坡盖世文。
华阳国史三国志，状元仁风集大成。
子昂悠思相如赋，文脉悠长凭底蕴。
三星探秘猜神奇，金沙设坛讲图腾。
民族记忆建川馆，刘氏庄园显安仁。
宽窄巷子忆旧市，琴台锦里品佳茗。
三圣花乡农科村，农家乐在田园城。
文化强省推新策，一核四带长精神。
感恩奋发高位进，城乡一体重民生。
两湖一山风生水，宜居宜市造双城。
西部高端首善地，天府新区传佳讯。

【102】

刘香菊，女（1966—）网名菊花晚香，河北涿州人。诗坛优秀诗人。1985年毕业于河北涿州师范，2001年河北师范大学小学教育专业自考专科毕业。农村小学教师，从事小学教育教学工作三十多年。

刘香菊/诗二首

电视剧《河山》观后感

烽火连天日寇侵，本应一致对外心。
老蒋消极抗战耍，除共摩擦阴谋损。
利用日寇除异己，罔顾爱国将士们。
峥嵘岁月腥风雨，枪林弹雨抗日军。
八百秦川沃土地，壮士守土与倭拼。
万里河山多秀美，英烈气概夺寇魂。
打败鬼子代价惨，硝烟散尽七秩轮。
珍爱和平建国盛，强国强军令世尊。

同事传图桃花开

同事传图桃花开，桃树上面塑棚白。
天寒地冻棚里春，粉瓣红蕊绿叶裁。
盼望早日桃接果，卖个高价财富来。
仙桃羞红小嘴呡，营养丰富祝寿彩。

【103】

傅华松，男（1972—）四川省筠连

县人。主治医师，筠连县诗书画院院长助理，筠连县中医医院筠连县名老中医工作室负责人，领导小组办公室主任，中医基层指导科副科长。成都中医药大学中医专业毕业，济川学派第四代传人、傅氏疗法第二代传人。中共筠连县十一大，十二大代表，中共筠连镇十二大代表，共青团筠连镇十四次大会代表，政协筠连县第十三届会议代表，筠连镇第七届人大代表，四川省中医药发展促进会健康旅游分会理事，宜宾市科协"五大"代表，中国红十字宜宾市急救培训师，筠连县筠爱义工协会理事，多次受到共青团筠连县委表彰，多次受邀到中国人寿筠连公司、社区健康讲座，接受筠连电视台采访。

这是我的家乡

文/傅华松

我是一颗小小的种子
当有一天，我被"命运"这个朋友
带到了城市
故土就在眼前翻天覆地的变化中渐渐模糊
面对绚烂的新景点
我生存的礼貌而又小心翼翼
尽管如此
我很快发现
我的呆板与固执
仍与这座城市相差太远的距离

我乘着风在城市的街道流浪

乡土的气息抵不住火锅的诱惑
我天真的以为我拥有随遇而安的能力
已具备快乐适应于此的能力
然而，当我面对
川流不息的车流与人群
我才明白，仅凭手中的面包与牛奶
我显得拙窘而又滑稽
我的眼睛被霓红灯迷幻
这城市变化太快
简单的心思不懂黑夜与白昼
多少个深夜
小小的种子穿透岁月的划痕
于反反复复的小情绪里
栽种属于自己的梦想
睡眠被时间和文字锈蚀
微语记载着四季交替中的悲喜

热爱乡村又逃避乡村
向往城市却又害怕城市
为此　我
流浪在如炽的十字路口
街灯与月下花影
已是十年踪迹十年心
长长的胡须
是随波逐流
还是　逆风飞扬

【104】

龚阳景，男（1965—）网名景阳岗，
祖籍浙江温州泰顺人。热爱诗歌文化，作
品散见于《东瓯诗潭》、《湖北文学》、
《长江诗歌报》、《中国风诗刊》、《世
界文学经典荟萃》、《桃花源间》、《诗
天子》、《当代新诗坛》、《中国诗歌
网》等。

明天

文/龚阳景

今夜无眠
夜半的风依然滚烫
心火烧焦了一片山野
干枯的枝头
晃荡着零星未熟的山果

星光闪烁，残月无声
我在满山灰烬中
遥望东方，等待黎明

等待是一种煎熬
是一种痛苦中的甜蜜
是一种迷惑中的清明
是一种认知中的茫然

笑忆昨天
昨天在生命中灵光一现
直面当下
当下只有无尽的思索与追寻

明天
从四面八方慢慢靠近
我无法拒绝
无法拒绝的是
你消失在黎明前的身影

漫长的时间在流淌
我的爱在季节里流浪

【105】

李莲，女（1970—）汉族，湖南衡阳人。诗词、散文爱好者。曾获《中华当代诗典》中华杯优秀奖;中华当代十大杰出作家(诗人)奖;中华当代文学奖;比投百强榜奖等荣誉称号。

李莲/诗三首

阁楼一角

独坐阁台有故事，把酒临风心神怡。
灯光幽暗人浪漫，平添古朴增韵色。

红梅

瑞雪压枝何所惧，含苞待放与春争。
北风怒号更娇艳，雪花盖头变新娘。

友情

晨曦照大地，友人送情歌。
揉开惺忪眼，惊醒梦中人。
梦里余音绕，想思在远方。
今昔是朋友，来日更方长。

【106】

宋瑞粉，女（1971—）网名红颜醉，山东济宁人。嘉祥作协会员，热爱生活，爱好文学，经常在网站平台发表散文、小说、诗歌等。

宋瑞粉/诗四首

思乡

提杯人倚北风窗，双眼盈濛月似霜。
此夜依然不胜数，几重山外是吾乡。

仲夏

六月微风雨乍晴，连天荷盖诱人萌。
芳菲散尽何须恨，夏木森森鸟语生。

荷花

六月荷衣连水兴，菡萏映日又羞红。
清风微雨滚珠韵，临岸蛙鸣凭眺中。

莲

独爱故乡莲，荷塘碧藕田。
微风淡香久，细雨滚珠圆。
篷子出淤土，荷花落日眠。
入禅无俗客，顿可去尘缘。

【107】

杨柳岸,男（1955—）湖北省应城市人。理学硕士(南京大学化学系85级)。曾先后在大学执教、地方政府和特大型国企任职。现客居宜昌,退隐山林。曾在国内外学术刊物上发表化学化工专业论文数十篇,在报刊杂志、网络上发表管理类论文及散文、诗词数百篇。

杨柳岸/诗六首

晚春

竹屋卧山冲,松泉水向东。
云儿游北岭,燕子剪南风。
麦秀人惊雉,秧肥鸟捉虫。
炊烟归白叟,牧笛弄青童。

山村夏日

雨霁生凉意,家山长野云。
虫肥磨燕剪,鹭瘦刻鱼纹。
熟麦三姑刈,嘉禾二老耘。
乡农耕作苦,天道肯酬勤?

读山

石径向天弯,春红夏绿删。
松峦风习习,竹谷水潺潺。
鸟倦投林去,人幽戴月还。

荷塘蛙鼓噪,我自读空山。

归耕乐

重山隐洞天。曲水绕村田。
麦熟金翻浪,秧肥玉笼烟。
翁耕牛喘月,妪浣柳嬉莲。
浊酒三分醉,清欢化外仙。

插秧

整地分秧插夏田,面朝黄土背朝天。
听凭骤雨倾盆注,但任骄阳举火煎。
燕语三更叹作苦,蛙声一片说丰年。
农家自有拿云手,泥里抠来养老钱。

夏怀

凯凯南风到我家,石榴从意吐芳华。
蝉鸣散木犹高调,莲濯清流岂俗花。
独枕桃亭听谷雨,闲攀葵岭采云霞。
知心最是敲窗月,浅浅书香淡淡茶。

【108】

曾志明,男（1965—）字谷夫,网名:淡泊明志,广东河源市连平县人。从事书画艺术及装裱行业,经营"谷夫书斋"。广东楹联学会会员,河源市诗词协会会员。

曾志明/诗四首

家乡吟

山前屋背李桃开，早种芝麻等客来。
步步踩龙连贺喜，村村灯盏数新才。
逢二五八声情到，三六九墟心意怀。
忠信烟墩民俗好，大湖绣缎久悠哉！

元宵节兴吟

嫣嫣花坞到溪桥，盏盏新灯月在瞧。
馥郁罡风苏黍秋，卷舒黛色接春韶。
山原草莽梅争熟，湖濑燕台歌斗嘹。
九畹黎民侪鼓舞，一城元夜翳全消。

清明节感吟

年年此日愁寒食，野草坟头祭往民。
蝴蝶飞香杏花白，杜鹃泣熻菊苞新。
家山去远东风坦，祖屋来徐谷雨匀。
焙酒烹鲜春醉倒，馨馨德第俎离人。

古连平感吟

连平自古出高贤，山水灵光馈良善。
八景云天恣倩妆，三颜宦海灼贞见。
迢迢州县著鸿篇，大大宋人安厝殿。
梁上花灯席上珍，寨龙祖火万家炫！

【109】

黄慧娴，女（1963—）网名：玫瑰飘香，广东韶关翁源人。早年毕业于韶关师专中文系，后毕业于广东教育学院中文系。翁源中学高级语文教师。书堂诗社社员，翁源作家协会会员，韶关市楹联和诗词协会会员，广东楹联学会会员，中国楹联学会和中华诗词学会会员。作品散见几十个诗社公众平台。主要发表在《新时代诗典》、《中国当代诗人佳作选》、《一路诗怀》、《沧海明月》、《书堂石》、《竹韵诗词选》、《大国诗典》、《中华诗词曲赋类典》等书刊，及《中华诗词颂花群》微专刊，美国费城《海华都市报》2019.5.17.刊登《醉红妆 醉春》，同年国家级刊物子曰《诗刊》第三期也刊登了此词。2019年《华人头条》刊登个人专集、《长江诗刊》第192期第6版刊登了《醉花阴 友人仙居》等等。

黄慧娴/诗词三首

暮秋

远岭枫燃尽，云随客泛舟。
鸟飞江渚寂，菊谢竹篱愁。

南歌子·冬柳

欲钓三江月，还垂千缕丝。随风轻舞细腰肢，伴笛悠悠运笔绘流溪。

朔气寒梅醉，琼英劲竹迷。不言春燕喜吟诗，只愿花前月下使人痴。

长相思·送别

山一程，水一程。风雨交加执手行。长亭把盏倾。

万叮咛，千叮咛。千万叮咛泪眼凝。雁声陈别情。

【110】

刘仁锋，男（1963—）笔名：剑锋。湖南省岳阳临湘市人。现居上海松江。从小热爱文学，年轻时为《湖北日报》、《荆州报》特约通讯员、记者。八十年代初期，文章散见各大报刊杂志，湖北人民广播电台等。现为中国诗词网，诗文艺，山东诗歌等刊物会员，中国百家文化网专栏作家，中国诗歌学会会员。

刘仁锋/诗四首

中国书法

横平撇捺竖弯钩，篆隶行楷润美遒。
笔走龍蛇随手动，氤氲宣紙鼎神洲。

笑对人生

夜来头痛苦无边，辗转不堪忧难眠。
纵有千年烦恼事，笑随岁月化云烟。

并蒂莲

满眼荷塘碧海天，一枝獨秀并双莲。
采蓬夫婦小舟上，恰似鴛鴦戏水边。

参观国家博物馆

盘古开天上万年，烟波浩瀚藏其间。
延绵不绝辉煌在，周鼎唐书话旧寰。

【111】

李存会，女（1971—）网名：达子春天，陕西眉县金渠镇人。爱好诗歌、散文、旅游。作品散见于网络平台。

李存会/诗词三首

采桑子

齿磨长恨难成姻，
和和分分。
和和分分，
有情人东西各奔。

齿磨恨祈成难姻，

分分和和。
分分和和，
岂可知急煞娘心？

长相思

情绵绵、意恋恋，
昔日伊人常想念，
相思相守难。

佳人面、浮眼前，
夜半三更难入眠，
何时再相见。

如梦令

二月乘舟河道，绿上梢燕回巢。
桃李菲芳绕，丽人浣衣嬉笑。
我陶，我陶，口哼小调醉了。

【112】

龙定安，男（1962—）本名：龙培泰，字定安，广东湛江人。热爱诗词写作，作品散见于网络平台。

龙定安/诗词四首

同题招云先生画兼步文君韵

峭壁云山截作屏，林高草远雁张翎。

流河日夜经前户，飞鸟晨昏过后庭。
雾散千花开四野，霾消一月带三星。
笔情墨意皆言志，裱作人生座右铭。

雪

结就晶莹本自清，千秋承载谢娘情。
风前漫卷怀犹暖，月下长凝夜更明。
根在重霄来有意，身临后院落无声。
若教万里殷勤后，便是丰年冷处成。

浣溪沙·立春

复始更年鸟弄歌，密林夹岸泛流波。
春幡头上美人多。

蕴水田园生绿艾，隔篱院落长青萝。
闲情好去读东坡。

浣溪沙·立夏

斗指东南花事无，粤西人已扇葵蒲。
塘中时有绿飞凫。

淡墨纤毫描素纸，金丝玉指绣鸳图。
青藤初挂小葫芦。

【113】

刘治华，男（1961—）湖南常宁柏坊镇鲤鱼村人。一介村夫，草根诗人。系中国诗歌学会会员，本市广电通讯员，网络多家诗社点评老师。出过书，登过报，曾多次获奖。

心中满满都是爱（外一首）

文/刘治华

雁翔南天 云儿袅袅
鱼跃鸟欢 微波荡漾
一位慈祥的母亲
拉着众多孩子们的手
踏上锦丝串联的路
奔上梦的远方

母亲的故事里
有乡愁 有国耻
但没有屈服和悲伤
有包容 有仁慈
却没有软弱 割让
我们在母亲的故事里出生
在母亲的怀抱里成长

岁月沉香
母亲的名字越来越响亮
中国母亲 东方丽人
指点江山 有太多良方
倡正义 树新风
抓经济 搞开放
一带一路 放飞梦想
家 国 城 乡 繁荣富强

我是祖国的孩子
一身正气 自强不息 母亲是榜样
心中满满是爱是希望

共创辉煌
我们不离不弃在新的起点上

背影

你离开时脚步很轻很轻
我看你时总觉很亲很亲
像儿女多情 向志士远征
我听到了 流水的声音
花开的声 落叶的声音
却没有你的脚步声

一簇绿意捧在手心
指甲缝里留不住半寸光阴
那儿年玩伴 那偶然相遇
那牵挂的人 都已成背影

【114】

马学林，男（1953—）回族，生于银川市。北京大学历史系毕业。先后在自治区公安机关、文化机关、自治区人大机关工作过。作品在省内外多次获奖。其中《民族团结》楹联2017年获宁夏楹联学会"一等奖"，楹联歌颂宁夏2018年4月获《中国新时代艺术宝库》"金奖"；并获"新时代杰出文艺工作者"称号；2018年6月诗歌《赞两会》获中国首届百家文化诗征文"一等奖"，获"中国百强诗人"称号；同时，被中国百家文化网聘为专栏作家。2018年8月获全国第十届华鼎奖"当代诗词精英人物奖"。 2018年

10月获第四届"中华情"全国诗歌散文联赛"金奖"，作品入编《"中国情"全国诗歌散文作品选集》。2018年11月，获纪念改革开放四十周年中华诗词大奖赛"一等奖"，作品入编《纪念改革开放四十周年诗词大典》，并授予"改革先锋艺术家"荣誉称号。获第六届"相约北京"全国文学艺术大赛一等奖。作品被编入《全国新春主题文学作品选》、《纪念改革开放四十周年诗词大典》、《中华情全国诗歌散文作品选集》、《新中国国学三百家》、《共和国人物辞海》、《建国大典》、《新中国70年文艺大系》、《世界大百科全书》、《中国当代文艺精品鉴赏大全》等典集。

马学林/诗四首

贺山东航母

巨船下海九州辉，赞颂歌声到处飞。
武器重型国力硬，人民喜唱虎狼悲。

赞美银川小院

紫气东来院子前，微风阵阵鸟飞天。
春天细雨红花艳，夏日凉风翠柳缘。
秋去田园年景好，冬来别墅醉人仙。
民生乐业安居好，自有诗词赋画篇。

咏黄叶

叶落树稀枝，风飘展玉姿。
雁鸥南觅去，骚客写冬诗。

冬雪

飘飘舞满天，洒洒漫飞原。
万木枯黄盼，千枝雪润甜。
公园无鸟雀，街道少人烟。
聚室吟诗画，凭窗望冷寒。

【115】

文静，女（1969—）湖南株洲人。汉语言文学专业毕业，热心公益，爱好诗词。其作品在《集贤吟韵》、《红梅诗苑》、《传统文化美攸洲》、《渌湘诗联》、《湖南诗词》、《株洲诗词》，中宣部学习强国网、光明网、党建网、今日头条等刊物及平台发表。中国楹联学会会员，中华诗词学会会员，世界汉诗协会会员，湖南省诗词协会会员，株洲市诗词协会会员，野草诗社南方研修院顾问，攸县传统文化促进会常务理事，华人诗词学会会长。中国生命关怀协会理事，关爱生命万里行活动小组成员，关爱生命亚洲协会会员。

文静/诗词四首

冬至赏梅感怀

百卉天寒怯雨霜，梅开冷艳自怜香。
回头笑看浮云渺，迈步欣迎朔气狂。
粉面逢春同竞展，丰姿合众又飞扬。
谁言冬至凋无色，独有芳心向日长。

秋夜

秋风夜起露微凉，独倚轩窗念远方。
怅望情思心所寄，谁同一枕梦为乡。

游橘子洲

诗朋览胜到青洲，酷暑蒸腾不解休。
两岸垂杨飞草径，一江碧水泛兰舟。
毛公圣像巍然立，墨客深情盛也留。
自古英雄怀壮志，高瞻远瞩写春秋。

临江仙·爱心天使

仆仆风尘飞影，城乡来去匆匆。
扶贫帮学路千重。铁肩担使命，唯恐
误时空。

圣母爱心静好，慈怀普度贫穷。
甘霖滋润胜春风。苍生皆幸甚，尽在
党旗中。

【116】

夏维福，男（1956—）生于吉林省白山市。1974年10月下乡知青，1976年12月参军，先后任战士、班长、放映员、电影组长、团俱乐部主任、沈阳军区司令部第二干休所正团职副所长。先后出版了诗集《嘶风集》、《诗境若雪》、合作出版了《古塔诗缘》三本诗集，及出版了长篇传记文学《老英雄郇顺义》等专著。系中华诗词学会会员、辽宁省作家协会会员、辽宁省诗词学会会员、辽宁省散文学会会员、沈阳古今书画研究院名誉主席、沈阳晚晴诗社社长、中华《诗词月刊》沈阳晚晴工作站站长、辽宁省诗词学会秘书长。

夏维福/诗四首

从军赋

回眸军旅泪潜然，秉笔抒情忆戍边。
跃马纵横千仞谷，扬刀挥舞万寻巅。
北陲卷雪风遮月，南海翻波雨散烟。
警醒当今狼虎恶，请缨亮剑正当年。

军旅情怀

岁绕征尘霜满巅，从戎无悔忆华年。
一轮明月枪间挂，万缕晨光炮上拴。
沙场摧残千里梦，演兵惊破五更烟。
回眸军旅火冰浴，铁血柔情守界关。

夕阳俏晚

渐临花甲快活仙，赤胆雄心未下鞍。
砚畔垂钩捉锦鲤，书中散网获金膽。
挥毫劲写三江水，泼墨轻描四海蓝。
犁韵莫说霞色晚，耕诗惹醉艳阳天。

快乐晚年

人生将暮蔽心宽，自比顽童度晚年。
加四十龄方算老，阅三千卷可消闲。
今朝采梦凌云赋，明日牵魂咏月篇。
两鬓虽添霜雪色，酿诗煮韵醉斑斓。

【117】

贾久燕，女（1995—）生于河南省柘城县，笔名紫：紫茉花妤、浅紫鸢尾、梓茉。毕业于河南工学院，国文社正式成员。曾在河南日报新乡记者站实习。喜爱散文，随笔，小说，诗词等。著有小说《沫，千年的琴韵》、《暮悠残雪》、《十指的旋律》《紫海》等；诗歌《绿阁梦》、《影子》、《茉莉花的念》、《桃花开 逃不开》《诗若成风》、《雨季》等，及古诗词《殇》、《惋歌》、《雨泗词》、《念恋尘》、《沙战致勇士》、《唏嘘兮》、《赏画》、《别惜》、《空悲切》等。2017年参与编辑由吉林文史出版的《冷枪手2强敌》正式发行。并为新书、电影发布编写宣传稿，被多家网站发表转载。2019年8月，获（诗人乐园）草

根文化诗歌奖。

贾久燕/诗四首

别 惜

乍暖还寒霜打叶，千百娇媚紫陵残。
暮过尘伤那别恨，万般无奈泪花雨。

夕落沙

烟雨红尘几时许，回首怎堪往事忆。
百鸟争鸣东船渡，尘埃落定何许人。

惋 歌

街巷细雨，花落斜阳。
歌台楼榭，众人聚也。
繁华之市，提酒长亭。
明媚皓齿，舞于宫殿。
以舞为美，得以幸焉。

残 花

花间月下残，琵琶声语断。
夕下女郎舞，满腹相思惆。

【118】

王菊，女（1968—）生于江苏淮安。

自幼爱好书画，擅长古体诗。成年后一直追随于书画老师身边，得到了中国戏曲人物画家，《西遊记》长卷作者华玉清、国家一级美术师小写意花鸟画家莊乾梅、工笔画家祁祯、山水人物画家陆永卫等老师指导，始画便得到社会各阶层认可，作品遍及多个省市和国家。曾参加了"三山五岳万人行"活动、应邀参加了19年美国纽约世联会和ASA大学联合举办的"翰墨新春"书画展、"纪念孔子诞辰2570周年全国大型书画展"。

王菊/诗四首

赞建国七十周年盛典

五洲溢彩妆仙境，四海欢腾庆诞辰。
宏篇巨史迎盛世，不忘初心铸国魂。

夕阳暮韵

倚窗斜坐望夕阳，忽全忽残虐晚凉。
化身云海托星月，复始又明耀光芒。

续缘

相士曾言会巫山，沧海入梦有余年。
天降紫气时运至，一点朱砂待续缘。

隆冬暮晚

潇瑟暮景伴冬长，华灯早上雾茫茫。
寂寥街色少人赏，无心砚田废纸慌。

【119】

姚文长，男（1944—）四川高县人。中华文艺学会理事，中华诗词学会、中华诗词家联谊会、大中华诗词学会，四川省诗词协、四川省老年创作研究会、宜宾诗词楹联家协会等会会员。当代百强才子、当代实力派诗人、诗文名家、中华诗词文化杰出贡献者、全国德艺双馨诗词家。中华诗词论坛、大中华诗词论坛、华夏诗词论坛、中华文艺、中华文学网、中国诗词文学论坛、四海艺文、天府诗词等网版主，四季歌文学特邀嘉宾。作品散见于《中国当代散曲》、《当代诗文精选》、《第三届中国百诗百联大赛集》、《新世纪新诗典》、《中国现代诗人》等书刊。有《斗室斋诗词曲楹联集》出版。

姚文长/诗三首

观70周年国庆阅兵即赋

驱动车流缓缓行，大国重器亮锋棱。
三军同铸辉煌展，万众骄崇肃穆呈。
猎猎战旗扬自信，堂堂武士显忠诚。
复兴宿愿今朝现，打造精良已玉成。

观70周年国庆联欢活动感怀

炫彩流光绽火花，普天同喜庆中华。
红旗招展鼓声乐，碧浪翻腾夜色霞。
十亿民风看更美，五星国度事堪夸。
拼搏奋斗英姿爽，盛世和平景溢涯。

访洛阳古都

千载王都历史悠，骚人墨客聚无休。
龙门石刻环球赞，古寺公园旷世优。
偶指朝南惊华夏，青铜铸鼎冠神州。
欣逢鹿韭盛开日，赏景观花上宝楼。

【120】

宋向辉，男（1965—）笔名宋祥维，山东省青岛莱西市人。在2017年"百城·百刊"中国读者最喜欢诗人评选大赛中荣获第八名，获得组委会颁发二等奖证书。2018年荣获"第一届'楼兰雀杯'全国诗歌大赛"二等奖。一路行吟·丛书主编；锦绣文丛·丛书主编。出版个人专著《诗韵心语》、《诗语人生》。现系"华夏诗歌新天地"副站长、协会副主席、纸刊副主编。

宋向辉/诗词四首

书香

天真童稚神情美，喜爱诗词梦已翔。
不看门前鸡犬闹，只知室里有书香。

读《半尘》感

高山流水韵悠扬，坦荡胸襟赋百章。
岁月铸成心血句，沧桑阅尽禅言祥。
诗文义理书中显，家国情怀纸里藏。
市井立身身自雅，朱霞烂漫半生霜。

向善

弘长正道苍穹暖，笃信仁慈度困艰。
布泽德行兴后代，造谣诽谤福荫关。
贪图虚利心魂失，自作聪明厄念环。
抑恶善扬微处做，修身求备效先贤。

满江红·纪念毛主席诞辰126周年

日出韶山，巨龙崛、志坚如铁。
霾雾逝、五州震荡，万难超越。
血泪百年尝屈辱，沧桑九域堪悲烈。
聚红船、呼四亿同侪，云霄彻。

旌旗奋，雄军捷。追穷寇，豺狼灭。
浩宇风清正，军民团结。
伟绩丰功青史载，文韬武略中华杰。

敬国魂、璀璨耀东方，翻新页。

雪丰谷，男（1959—）原名王永福，南京人。下过乡，当过兵。毕业于石家庄铁道兵工程学院。出版过诗集《诗无邪》等。

提灯笼的人（外一首）

文/雪丰谷

灯笼旧了，道理分外简朴
你们看不见提灯笼的人
被风吹黑的脸上
两只眼睛，容易招惹萤火虫

尤其后半夜，提灯笼的人
牵一匹枣红马
你们很难从蹄声里辨出
一骑红尘，出自哪一家门缝

江山已逝，红颜已改
提灯笼的人用瘦弱的手指
提着纸糊的故国
宛若树梢，提着不结果的梦

明月夜

这样的夜晚，万万不可
用睡眠做道场

流水很充沛，汤汤的
浮力中下沉的事物裸露出光芒
譬如桅杆，拉帆布的脊梁骨
洗洗就干净的肤色
亿万年，谢了又开的花朵
走出化石的瓣瓣幽香
我想，这样的夜晚
游子和离子都不愿负氧
随手舀一瓢光阴
滴滴皆原浆。不谈两相合
单就高粱曲、稻花香
足以在市井勾兑千重浪
灌溉万古柔肠
想喝就大碗去舀呗；只要不醉
不虚度，不浪费
不把滚烫滚烫的流星
点进瞳孔，当成眼药水

苏德军，男（1986—）汉族，笔名：楚荷，苏荷。广西桂林人。在政府部门从事教育工作，酷爱古诗词、曲赋，现代散文。擅长书法、国画、棋艺。

苏德军/诗四首

迎春

兰棹轻摇江滟滟，灯笼高挂照无眠。
一蓑霜露兼风雨，夜半轻舟别旧年。

秋

青林寞寞几炊烟，斜煦轻飞一纸鸢。
莫叹秋高多怨色，红枫半片入诗笺。

梅

不惧风霜和雨雪，凌寒玉骨展娇姿。
春来唯我传佳讯，何若群芳待暖熙。

晚秋

紫荷藏妩媚，丹桂吐清幽。
垂柳钩弯月，微波弄扁舟。
琴声悠远至，雁迹杳无求。
尺素平几案，天涯共晚秋。

【123】

朱清杰，男（2001—）汉族，笔名：
暮华，云南昭通人。大学生，就读专业，
中医学。系知名（诗人乐园）文学成员，
《草根诗集》副主编，2019年8月，荣获
（诗人乐园）草根文学诗歌奖。

朱清杰/诗三首

途中雪

满洲大地风雪飞，力压青竹竹不摧。

山间幽径当骑登，直达素衣暖酒樽。

炼荒

十荒轮回溯之渊，百转红尘求一现。
千炼朝歌孤自傲，万方天下独逍遥。

离别

离别一族织长久，黄粱不老独厮守。
一生离别见繁花，时光流淌重相逢。

【124】

刚丕昌，男（1958—）网名：开原山
人。系辽阳刚姓玉山支族十一世族人。九
年学业，农民打工诗人。作品散见于网络
平台。

刚丕昌/诗四首

愁

一江碧水向东流，流过千山未到头。
头顶蓝天排雁阵，阵阵秋风万缕愁。

暮色

落日一腔血，红霞万物涂。
乾坤将入梦，拂晓再新出。

草

秋黄涂雪野，碧绿染荒原。
不败青松挺，心胸大漠宽。

梦

时风骤起九州春，万朵昙花尽撩人。
大放山门狼入寨，秦琼转业做财神。

【125】

李向山，男（1960—）笔名湘珊，号柳川居士，辽宁省开原市人。中共党员，大学本科学历，现为彰武县人民政府国家公务员。大学中文系毕业后就尝试古体诗词创作，迄今三十多年、未辍笔耕。曾主编或参与编写出版各类专著五部，诗词专著两部即《柳风琴趣》、《岁月樵歌》，几百篇诗词作品散见于各级刊物和网站。

李向山/诗三首

喜逢马中奎诗兄并宴饮于苇水河畔

一

只缘分别久，苇水酿千盅。
忆昔心头热，席间吟啸雄。

二

燕山门户立，来往尽儒风。
数载声名壮，必铭青史中。

三

诗中觅真趣，倾盖赋新歌。
流水高山意，知音有几何。

四

行高易招谤，风烈水寒生。
厚德因遵道，天宽潇洒行。

题唐岩《大雪》

玉屑飞扬铺塞北，便生暖意在人间。
红颜似火知春近，欲引雷声震万山。

题唐岩《花枝俏》

为嫌寂寞添新蕊，点缀银装数朵红。
铁骨虬枝香几缕，严冬腊月起春丛。

【126】

谭茂兴，男（1943—）生于湖南长沙。系成都飞机公司退休工程师。1964年毕业于株洲航空工业学校，并分配到成都飞机公司工作。历任工人、技术员、工程师、车间主任。自幼喜爱文学、书法。参加工作后，曾参加工人夜大文科班学习。曾任公司《峨眉工人报》记者，编辑，(成飞公司原为国营峨眉机械厂)，《成都晚报》、《四川日报》特邀通讯员，特邀编辑，曾为川报1969年庆国庆20周年文艺版《工人的诗》责任编辑。2019年春节期间参加全国书画界向全国人民贺年暨新春书画展，并获一等奖。

谭茂兴/诗词三首

秋登岳麓山感怀

湘江吟歌踏浪去，麓山含笑乘云來。
松坡墓前思侠女，禹王碑下觅琴台。
红叶翩翩送归雁，金风徐徐醉胸怀。
故园景美情犹盛，激我谭郎展雄才！

冬至

冬至极目望神州，风光无限笔难收。
冰封北国雪景美，春留南疆椰林幽。
古刹钟罄祷天地，传统习俗祀千秋。
凤阁龙楼天子國，东方雄狮震天吼！

浪淘沙·北戴河

碧海映蓝天，
百鸟盤旋。

白浪滔滔笑声喧；
亲昵姿态似故友，
诉说情缘。
白云卷如棉，
变换万千。
老虎石旁半纪前，
救世伟人吟词处，
恩泽人间！

注：老虎石是北戴河风景点之一，半个世纪前，毛主席曾在此吟词《浪淘沙》。

【127】

汤杰，男（2001—）云南省昭通市人。现就读于北京邮电大学。热爱诗歌文学，作品散见于网络平台。

爱·也是失去

文/汤杰

你丢了的东西其实很多
可是你只在乎这一个
你在找它的时候又丢了很多东西
可你不在乎

【128】

鹰歌子，男（1969—）原名王银鹰，又名鹰哥，湖南衡南人。现供职于太平洋

- 102 -

保险代理有限公司湖南分公司。系湖南省作家协会、中国金融作家协会会员，湖南金融作家协会副主席，中国诗歌学会会员、湖南省诗歌学会理事。作品散见《中国作家》、《星星》、《中国诗歌》等报刊杂志及选本。著有诗集《鹰歌雁语》。

梨花带雨（外一首）

文/鹰歌子

路断了，断在了石板尽头
断在夯筑了水泥钢筋的村道
断在了洗菜浣衣的码头

细雨，还是早早地赶来
随着晨雾湿透漫山遍野
泥泞里，半坡桃花迎风笑

蜜蜂，召唤青山咀的春色
仿佛梦境中的梨花盛开
昨夜的伤感淌过了湾洞桥

石头，喝醉了糊子酒一样
痴心地呆立在老屋场坪地里
等待清明，成了想念妈妈的雕塑

从一把泥土中阅读中国

黄昏的鹰，飞过独库公路
翻阅一页冰川，一页新旧石器
巍巍昆仑，天山东西，风景旖旎

清晨的雁，穿越黄河长江
轻唱一曲秦腔京调，平仄新韵
长城蜿蜒，五岳耸立，山川壮美

那鹰击的长空，掠过四海九州
血浓于水的黄土地，铁骨生长
物华天宝，泱泱华夏，天下熙熙

那南飞的北雁，衔来秋叶春泥
应知塞北胜江南，小桥流水
秦砖汉瓦，燕雀欢跃，杨柳依依

【129】

袁慧，女（1978—）上海人。喜欢读书、摄影，运动，爱好诗文。曾在新民晚报上刊发过几篇杂文。作品散见于网络平台。

袁慧/诗三首

读书

诗意如潮人未知，落花有韵笔难辞。
琴书一卷相思苦，佳句千章万古痴。

遨游西塘花村

夕晖片片醉西塘，痴立孤心梦影光。
青柳细枝垂旧事，木舟茶美探船舱。
江南石塔半遮面，缭绕炊烟满室香。

风月吴歌依稀见，千年古韵逝流芳。

喜迎国庆七十年

举旗笙乐唱鹏程，全众邀杯喜得盈。
忠效使然民意聚，传承初衷党风呈。
欣逢华诞同欢庆，盛世来临共向荣。
放眼云天通四海，龙腾神武气豪宏。

【130】

张景杰，男（1961—）笔名水冬，生于山东菏泽。自幼喜爱文学，曾参加过菏泽首届文学创作培训班。作品散见于报刊及网络平台。2019年被《中国诗歌大典》编委会和国际文艺学会授予"2019年优秀诗人"称号。系曹州文学社核心会员，中国诗歌报会员。

一个人的朝圣（外一首）

文/张景杰

徒步上山
累得满头大汗
拽紧护栏
吃力向前赶

平台向下看
两腿打颤
徒步索道任选，后悔已晚

一个人的朝圣
不容转念
回转一样艰难
背叛，下场最惨

初心，上得顶端
明白了，朝圣的是自已
立山顶天

陪伴是最好的礼物

父亲走了
母亲没有流泪
只是夜里
常常导演抗战
冲，冲，呓语呼喊

此时，喊醒母亲
问母亲，爹受伤没有
说话，止到天亮前

一家人
都想让母亲不孤单
大哥二哥隔三差五送鸡蛋
我没有
觉得，最好的礼物是陪伴

【131】

吕建刚，男（1961—）网名乐蜀，湖南省临湘市人。中共党员，大学文化，中华诗词协会会员。在中石化巴陵石化公司供排水事业部工作，历任宣传干事、厂长秘书、车间支部书记、单位工会主席之职。工作之余爱好诗词创作，先后有一千多篇诗词发表于网络平台。部分作品入选《中国百诗百联大赛作品精选集》，2019年被当代诗词书画联合会和摩高文化传媒授予最美诗人称号。

油纸伞下的思念（外一首）

文/吕建刚

旧地重游
撑起一把油纸伞
清香、典雅
让我想起了
烟雨江南
一个风景如画的
古巷

油纸伞下
一对年轻人
在相互依偎着
也许是一对恋人
在憧憬着美好的
未来

此刻
雨顺伞而下
慢慢汇入小溪
连同我的思念
流向江河
流向大海

失落的梦

很久很久
我遗失了一个梦

梦
散落在时光的隧道里
迷失了方向
像碎碎的星星

星星
每天在努力的
发出耀眼的光芒
它仿佛在等待着
期许主人的归来
把它们揉成一团
变成永恒

【132】

王雪梅，女（1963—）河南光山县人。中共党员，本科毕业，在县妇联工作，历任副主席、主席职务。后调入民政局工作，任局长、党组书记。2018年3月退休，曾任县人大常委、县委候补委员、市政协委员、市党代表。现系省市诗词学会会员，中华诗词学会会员。作品散见于《河岳诗词》、《枫叶诗选》、《金秋诗词选》及网络平台。

王雪梅/诗词三首

元旦感怀

山高水阔夜无眠，岁晚摇舟月色怜。
眷恋三冬梅弄影，痴迷数九雪飞旋。
车驱旷野宽宽路，步漫幽林淡淡烟。
千户新醅香米酒，万家慈母盼团圆。

冬雪

寒冬返旧屯，风雪扫柴门。
犬踏梅花印，鸡留竹叶痕。
椿萱围火坐，兰桂绕厨蹲。
袅袅炊烟起，呢喃一脉恩。

诉衷情令·一轮红日照神州

一轮红日照神州。万众歌未休。星星
之火燎原，三战铸风流。

惊美帝，斥方遒，固金瓯。光芒思
想，日月同辉，万古千秋。

【133】

张国泉，男（1963—）网名白开水，
江西省进贤县长山乡人。赣南医专毕业，
大专学历，国家执业注册医师。本人热爱
文学，尤喜读古典诗词。工作之余，走村
访古，见景抒怀。作品散见于网络平台。

李渡风

文/张国泉

千年古镇叠东风
春秋万重
回望几曲繁花锦
商海沉浮渡
金山指点抚河柳
凭栏砖墙厚
斑斑点点痕迹封
八百古窖藏岁月今又重光
李渡高粱说

纵有千层深深愿
闻香下马
知味拢船
一壶老酒去头痛
更有李渡烟花
飘洋过海芬芳秀
繁华去处又添功喜庆贺
晨光投庭院
蔷薇拥抱爱华路
益康品牌一根针
走遍天下安康送
风雨灯影孤
古镇面貌靓
教育基金翘楚立
百年校庆看今朝
李渡中学腾飞又
轩窗听落叶
长笛箫音抚
多少情怀风流数

【134】

易淑国，男（1955—）河南省商城县人。笔名一叶，河南省商城县教体局勤管站退休教师。曾任中华职教社会员、中国职教学会高级会员、中国管理科学研究院特约研究员、人民日报时代潮周刊理事会理事、《发现》杂志社特约副理事长、高级编审、北京时代学人文化研究员特聘院士等。诗作曾获2018年第四届"中华情"全国诗歌散文联赛金奖。2019年"相约北京"全国文学艺术大赛一等奖。

易淑国/诗二首

国庆70周年长假游西湖

林暗夕阳照，西湖熔金飘。
风黄堤畔柳，荷老嫩红消。
花港游鱼跃，长桥塔影摇。
断桥残雪尽，唯有人如潮。

红旗渠精神赞

百年干涸旱魔狂，滴水如油泪汪汪。
誓把山河重调度，赞吾林县好儿郎。
党心民意思干事，战石斗山日夜忙。
人间奇迹称冠绝，天宫银汉落太行。

【135】

许廷平，男（1969—）四川富顺人。毕业于西安工程大学。1982年从四川来到新疆昆仑山下塔里木西南边缘的一座油田。1987年开始文学创作，新疆作家协会会员、中国石油作家协会会员、中国石油作家协会理事、新疆喀什地区作家协会副主席。现在中国石油塔里木油田塔西南公司泽普油气开发部工作。作品散见《中国作家》、《诗刊》、《星星》、《绿风》、《诗歌月刊》、《中国西部文学》、《西部》、《绿洲》、《地火》、《铁人》、《石油文学》、《鸭绿江》、《北方文学》等刊物，发表作品500余首（篇）。著有诗集《奎依瓦克》（北京燕山出版社，1998年12月）、《跟随石油迁徙》（线装书局，2011年7月）、《慢时光里的宝石花》（文汇出版社，2017年1月）等三部，曾获陕西省大学生诗歌大赛奖，蓓蕾杯全国诗赛奖，第三届、第五届、第六届中国石油职工文化大赛文学比赛奖。作品入选《中国诗歌二十一世纪十年精品选编》、《新疆60年名家名作》、《中国网络文学精品选》等多个选本。

一生的大地（外一首）

文/许廷平

今夜，大地将所有的爱埋进土壤
我发现，春天的门是开着的
大地上所有的黑夜是相通的
通往目的地的圣殿

在四季也是开启的
今夜，良心、伤痛、理想
在寻找着没有回报的诺言
而我，将要背负着沉重的嘱托
以土壤的名义
在平静的一生中
走完一个陌生而细致的梦

土壤，我是一个平凡而困顿的人
我可以倒下很多次
但不能在你的怀抱中
躺上一生

怀念长安

我的那些在西安告别的朋友们
你们是否早已忘记了大雁塔
在岁月的挣扎中
你们北上，南下
而我却一直向西
面对天山
与你们背道而驰
我回过那座叫西安的古城
也曾几次路过你们也许寄居的南方
我却分明听见
你们怀念的呼吸
我想，你们除了偶尔记得我以外
已经不记得我的名字
这种沉默的怀念
也许还将继续
这种沉默的怀念
也许会日夜兼程地
伴我们度过天各一方的人生

【136】

刘先云，男（1956—）汉族，大学学历。湖南绥宁县人。曾任职过副局长、党委委员、工会主席、扶贫工作队长、村第一书记。现为湖南省诗词协会会员。诗歌创作百余首，作品散见于网络平台。

刘先云/诗四首

黄桑秋景

遥看山色绿衣黄，林海茫茫展靓装。
阵阵秋风书乐谱。天仙伴日织云裳。

瀑布江抗战遗址

湘黔古道一长廊，日寇横行胜虎狼。
昔日悬崖存黑史，今朝瀑布富山乡。

雪峰山抗战纪念馆

千秋功碑矗翠岭，鞠躬碑前思英魂。
抗战锋火弹痕在，青山铸史励后人。

观吉首矮寨大桥

两根巨索悬半空，曲挂云端宛若龙。
倚栏张望鸟愁飞，一桥横跨彩云中。

【137】

刘陶成，男（1970—）湖南省邵东县人。笔名：刀丛斩诗，自幼好文，尤以散文、杂文、诗歌特长，学生时代多有作品发表在各级刊物，亦有《蚌孕》、《钓月》等诗歌获中国当代作家新人新作佳作奖，并被中国当代作家代表作陈列馆收藏。先后担任《山泉》文学社主编、《大校园报社》记者、中国青少年作家协会会员。欲出版诗集《刀丛斩诗》。

刘陶成/诗词三首

长相思·曙归

北雁迟，落日迟，迟到梅花落尽时。
残红点点诗。
曙微微，翠微微，翠到桃枝新绿归。
花间紫燕飞。

长相思·夜思

酒满筹，泪对流，滴漏清音血月幽。
茫然望春秋。
雨云收，霓虹悠，回看十年方梦休。
坪山起高楼。

长相思·春行

宝剑铗，碧玉光，桃李春风万里鞍。

旌旗烈烈昂。
首阳郎，绀香芳，笙舞篁连三月三。
吹箫引凤凰。

【138】

吴纯芳，女（1965—）笔名鸿音，广东人。曾任教师，今旅美。写了大量古体诗，现任惠川文学社常务理事长，华东诗社副社长兼编辑及首席评论员。作品散见于网络平台，及世界诗歌总部火凤凰沈阳海外城市等头条。曾荣获世界诗歌大赛传世佳作奖，有纸质书出版。

欢度国庆，为祖国点赞
—七十祝颂妈妈好

文/吴纯芳

金秋十月阳光暖
红旗猎猎随风展
亲爱的祖国啊，您迎来了七十岁的生日

华夏儿女发自内心为您欢呼
为您骄傲自豪 为您点赞

1921年7月1日 您起飞南湖红船
亲爱的党啊，您栉风沐雨永向前
曾经走过无数的艰苦岁月
如今您跃居世界第二经济体
复兴伟业 展开了一幅美丽的画卷

1927年8月1日 中国人民解放军在南

昌华诞

　　最可爱的人啊，转战南北 驱除鞑虏 节节胜利尽开颜

　　直到把红旗插到天安门上空高高飘扬

　　看今天国庆检阅部队 三军威武

　　英姿飒爽 昂首阔步走过天安门前

　　伟大的中华民族勇于肩挑重担

　　英雄的人民啊 ，您不屈不挠 不怕困难

　　为了建设美丽的新中国

　　各条战线多快好省齐奔小康

　　自强不息 中国的梦想定能早日实现

【139】

　　徐文昶，男（1941—）上海川沙人。中华诗词学会、中国楹联学会会员，中华诗词名家交流中心理事，上海诗词学会会员，上海浦东作家协会名誉副主席，铁沙诗社创始人兼秘书长。

徐文昶/诗三首

赞珠港澳大桥

珠海港澳一线穿，伶仃洋上卧巨龙。
从此不再叹伶仃，瞬间往返更融通。

香港维多利亚港留照

维多利亚港中游，夜色波光映群楼。
相机欲望何处照？镜头对准摄渔舟。

澳门睹城夜宿

应邀携妻澳门行，奢华睹城观金球。
流光溢彩声色夜，一宿寝宫难合眸。

【140】

　　韩舸友，男（1959—）大学教师、美国华侨，中国诗歌学会会员、中国法学会会员、中华文艺学会副会长、贵州省港澳台侨投资商会副会长，北美和美国洛杉矶作家协会会员、编委，中国唯美诗歌联盟理事。有诗歌散文作品200余篇，被翻译成多种文字出版并多次获奖，其作品收藏于世界诗歌年鉴英文版（2015_2016）77个国家112位诗人诗选，并进入数十个国家图书馆，2019年再次收藏其作品。代表作有诗歌散文集"情殇"，新诗集"记住乡愁"（中英文版）即将在美国出版。

距离（外一首）

文/韩舸友

空间的距离并不等于遥远
虽然中间有大海山川
茫茫星空

一条无法跨越的银河
让思念肝肠寸断

时间的距离
并不等于感情的逝去
虽然漫漫旅途有无数坎坷磨难
走着走着
你的爱已成祭奠的花篮

最可悲的距离
比时间的流逝更悲伤
比空间的距离更怅然
那就是我的祈求
永远到不了你心的彼岸

致女神

蒙神的恩赐
让我的目光跨越大西洋
窥视你的倩影
也许是前世的姻缘
让我与你相守深秋的寂静
触碰得见的柳枝
那是你迷倒众生的神韵

你不是我的女人
你是风是水
是夜空里闪烁的星
伫立岸边祈祷
你是我静夜中膜拜的女神
亲爱的
请赐我一丝温柔吧
我愿做你一生一世的仆人

【141】

葛凤霞,女（1956—）辽宁省营口市大石桥人。大专学历,退休会计师。中华诗词学会会员。中国楹联学会会员。营口市诗词学会副秘书长。《辽河诗词》杂志副主编。大石桥市蟠龙诗社社长。

葛凤霞/诗三首

新年感怀

芳景如屏冬渐残,詩吟冰雪赋天寒。
红炉煮酒添新韵,拣尽春枝送旧年。

鹧鸪天·秋登绵羊顶

极目临风望远天,犹听西海啸云烟。
斑斓锦色明秋霁,焰火丹枫景万千。
枝似笔,叶如笺,尽书思念寄关山。
旧詩吟罢新詩叹,淡酒浓情醉梦间。

鹧鸪天·秋登岳阳楼

远眺波光浩渺间,雄楼揽胜诉苍年。
潇湘秋色斜阳醉,雁叫悲情泣露寒。
山似黛,水如烟,钟声落叶扮霜天。
名家雅韵詩堤岸,阅尽风流赏大千。

【142】

乔军，男（1983—）陕西省合阳人。退伍军人，高中文化。热爱诗歌文学，2019年8月，诗歌被《草根诗集》收录，荣获优秀作品奖。

乔军/诗三首

生友墨言

望淡谈生非与争，只怕友少功与薄。
今禾明田楚际香，孤贱行远年岁惜。

漂流江际

沙寂风扬沙行迹，迹行心乐途无迹。
扬沙飘莫言墨驰，驰行徒步征学际。

四平季安

惜怜月莲白十析，九息八过强透悦。
七面六亭立然启，五书徒行学际识。
四夕白露夜空月，三开守院心圆定。
爱满飞胧环塔灯，一仪宾礼钟秒天。

【143】

陆正前，男（1949—）祖籍安徽淮北市人，六九年中学毕业。新疆兵团四师

六十六团拖拉机手，七四年任文教。七九年任机修高级机修工。二0一0年退休。热爱诗歌文学，作品散见于网络平台，月刊，诗选集等，诗歌曾获《草根诗集》优秀奖。

陆正前/诗三首

元宵节观灯

火树银花奔月宫，彩光艳照人潮涌。
赤橙黄绿青蓝紫，花簇绕围鸣伴童。

游赛里木湖

仙女一滴相思泪，痴情满怀别九天。
惹得高峡出平湖，蓝色宝石镶天山。
飞鸟逐波鱼儿戏，蝶舞百花相争艳。
松涛轻奏天籁曲，仙女浣沙水更蓝。

咏雾

青沙锁云空蔽日，万物萌笼鸡鸣时。
不与百花斗香艳，静寂无声立枯枝。
谁令梨花寒夜开，千暗百态展英姿。
笑迎旭日霞万丈，再觅君时无人知。

【144】

李紫嫣，女（1983—）重庆人，毕业

于重师院，汉语言文学专业。热爱诗歌文学，作品散见于网络平台。

午夜十二点之后

文/李紫嫣

那个小院子，在铁轨下面不远。
从小喜欢那样的感觉，
以为坐在火车里。
咣当一路碰撞摩擦的声响，
在夜里像从身体穿过，
剧烈地一穿而过，
千军万马拥挤而来的感觉。
怎么很像你残忍碰碎我的灵魂，
终于魂魄无依无靠，
一枚剧痛的魂与魄冬天过后，
幺爸幺妈爱在录音机的旋律里，
你一句黄梅她一句京腔。
幼时的记忆是土墙上，
那个大洞就是窗。
午夜十二点之后，那个小院子，
关于火车剧烈穿过身体的事，
宛如他的声音被撕裂，
林中一只雀被谁欺负似的。
当一大把茂盛的水葫芦，
被竹竿打捞起，
他不再跑那么远，来垂钓了。
冬天，特别是午夜十二点以后，
水鬼不喜欢粼粼水波的放荡，
像一个出轨的女人，赤裸又可恨……

杨成志，男（1973—）笔名：睢朔，广西隆林人。作品散见《三峡》诗刊，及发表有关探索月球文学作品于《素质教育》、《经济视野》等。

野鸽子哟·向前飞吧

文/杨成志

曙光，绿色美化那
月球山川原野的曙光，已经现了
——科学家们，在探索着

别去，浪迹天涯了
茫然地飞了，那
月球山川，在期待绿色的书信

野鸽子哟，向前飞吧
带着大地神州这绿色的佳信飞去
告诉月球山川的绿色幸福

带上一片绿色的叶子
飞越那太空的河
告诉那里的世界，他们的梦会如愿

曙光，现了，绿色
美化那月球山川的曙光——现了
面对黎明，你向前飞去吧！

【146】

王玉庆，男（1980—）高中毕业，河南南阳人。发表文章约二十篇左右。体裁有诗歌、散文、小说、童话等，作品曾被《诗人乐园》收录，获得2019年"诗人乐园"文学奖。

播种（外一首）

文/王玉庆

寒露至霜降
种麦莫慌张
正好有墒
趁空儿把小麦种上

先把土地翻个个儿
铁耙耱平大坷垃
麦种借耕耧耩入地
秋后随时发新芽

日日思呀夜夜盼
田垄上新绿成一片
发现断垄齐补苗
行列整齐保高产

化肥早已施入田
除草剂已喷叶面上
冬季冻得直哆嗦
只盼瑞雪兆丰年
兆丰年……

割麦

六月的太阳在天空中撒野
麦浪笑得像个孩子
在金色的壮锦前
我们挥动镰刀，旗帜和血

整整近半个月呀
我们早上五点钟起床
晚上十点钟入睡
成垛的麦捆堆起来
手上的血泡也多起来

母亲的眼睛都熬红了
父亲拉着拉车
近百里的风雨之路
总算把庄稼搬回了家

十几亩地的血汗
我们一家八口的口粮
在脱粒机的轰鸣下
变成了黄澄澄的麦粒

【147】

胡学东，男（1963—）通州二甲镇人。中共党员，喜欢阅读写作，爱好盆景制作收藏烟盒，中国诗歌网会员，短文学网会员。

高粱·燃烧的火炬

文/胡学东

河对岸
大片红高粱
随着秋天的脚步
如一把把燃烧的火炬
高傲地
随着秋风舞动
发出沙沙沙的笑声
映在小河的倒影中
如西天边的彩霞
格外眩目美丽

你是秋的颜色
充满硕果累累的丰盈
你是大富大贵的象征
充满喜气幸福的含义
你是酿造美酒的佳品
五粮液中包含着你

啊，红高粱
是你
迷住了
莫言男人的心境
写出了
盖世的小说精品
是你
醉美了
张艺谋艺术家的痴心
创造了
收视率极高的影片
难怪

作家对你那么迷恋
诗人对你那样钟情
是因为你
有着说不完的
美丽故事
有着道不完的
爱恋真情

【148】

曹补珍，男（1966—）汉族，字：星才，笔名：玄明先生。甘肃陇南西和县人。从事易学研究，天星三元吉日选择，地理风水堪察选址等。热爱诗歌文化，作品散见于网络平台。

曹补珍/诗三首

游晚霞湖

夕阳落日圆，黄昏彩露天。
云霞映碧水，山色尽开颜。
游径霞湖畔，欲返更留恋。
傍晚离此境，何日再游玩。

忧果遇雪残

秋末育果园，修剪越冬眠。
春暖地融寒，茎蕾三月间。
叶茂亦花繁，忧恐雪霜残。
惊喜艳阳天，果熟心方安。

朦胧淅雨

朦胧夜月雨淅流，睡眠蛐蛐慰寒秋。
桂花含羞将绽放，中秋赏月梦中休。

【149】

胡贤恩，男（1974—）湖北省黄陂区人。本科，会计师。热爱诗歌文学，作品散见于网络平台、诗选集等。

胡贤恩/诗二首

盼台湾回归

大陆台湾隔海望，吾亦节至恋失亲。
两岸民众本同祖，党与百姓一条心。

打工心声

壮时离家待老归，汗水收获双满盆。
只求他乡换旧貌，哪管岗位脏又累。

【150】

王军，男（1963—）笔名王韶华，网名蓝玉。陕西蓝田玉山镇人，曾任过教、做过记者、经过商、从过文、做过股票期货、国企经理和保险公司理赔工作。曾经发表过杂文、诗歌、评论百十余篇，

微博三千多篇。现在为人民微博博客、西部文学会员和大秦文摘会员，《西北作家》编委，《西北大学伏羲女娲文化研究会》研究员，渭南市作协会员，渭南市临渭区政协委员。中国诗歌网诗人，中国诗歌艺术奖获得者，荣登庆祝建国70周年献礼暨《中国行业精英荟萃》封面人物，第五届中国传统文化高层论坛特邀嘉宾。第五届中国传统文化传承与发展高峰论坛上，荣获中国传统文化优秀传承人荣誉证书，诗歌《清峪河 母亲河》荣获第五届中国传统文化传承与发展高峰论坛"优秀诗词奖"等。

春雨

文/王军

一次次在寒风凛凛中挣扎
一回回与雪花飘飘中缠绕
得到春风的温暖的怀抱
面对严寒的刺骨的威仪
以弱小单薄的生命力
顽强的摆脱了冬天的枷锁
淅淅沥沥的轻飘漫舞般
雾蒙蒙湿绵绵的姿态
洒下了春天的气息

你滋润了大地回春
你浇灌了山川良田
你是春天的使者
给予花草树木以生机
把温暖和甘甜带给人间

你给万物复苏的血液
你是春天的女人
点缀着世界的美丽

自镜

塞北江南两袖空，冰霜雪雨打头风。
今宵醒梦三声笑，沟壑山川白发中。

【151】

常怀珠，男（1957—）笔名：常啸，山西省太原市人。2016年与书法大家欧阳中石、马德乾老师合出《风范一品大家》书法诗词一书。古风6首荣登《2017当代诗词名家精品台历》。律诗、绝句12首被马德乾老师写成书法作品录入《孝经》等书。古诗百余首收入《中国当代诗词选》、《精华诗词赏析》等诗选集。

常怀珠/诗三首

夜行

泥途八千里，雨霁万山青。
莫逐流萤路，遥观北斗星。

九月九登大青山

巉峻绝尘埃，雄风壮我哉。
千峦驰北去，万马欲东来。
近辨灵王迹，遥怜李牧才。
相依共青眼，襟抱与君开。

【152】

李秋红，女（1971—）笔名心芷，慧修。艺名：福娃。生于辽南一个小村。小学音乐教师，酷爱艺术。系营口市作家协会会员，营口市钢琴协会会员，王充闾文学研究中心会员，营口市诗词协会会员，营口市摄影家协会会员。曾为梦想自费赴日留学两年。多次在经典文学网和枫叶精品文学网，清风诗学社微平台发表同题诗歌，及散文随笔。在资江文化等平台有自己的纪实文学专栏。现是清风诗学社公益主播。

感谢苦难（外一首）

文/李秋红

苦难是岁月在伤痛中浸泡的芽儿
在冰雪里开出的花
是酷暑里炙烤大地的骄阳
是秋风里席卷而过的荒凉

苦难在泪水中开花
是浪迹天涯行走里母亲愁白的发
是风餐露宿打拼里父亲饮干的酒
是熟睡的孩子梦中呼喊远行的妈

苦难是无数挫折打不垮的倔强
苦难是多少磨难击不败的脊梁
头可断血可流而傲骨尊严不可丢
心可伤情可无而志气士气不可无

没有苦难的生活如何感知幸福
没有苦难的生活如何铸就坚强
让我们感激苦难吧
只有苦难让我们懂得尊重和尊严的价
值
懂得知识和无知的较量多荒唐

让我们学会在苦难中重生
长出坚硬的翅膀在苍穹翱翔
俯瞰美丽的山川在苦难中穿越
在苦难中让守望梦想生命绽放

原点

脚步沿着心的方向行走
跨越了万水千山
看遍了人情冷暖
经历了酷暑严寒

继续沿着梦的方向
勤奋苦读
耕耘期盼
直到鬓染白霜

蓦然回首
凄风冷雨中
灯火阑珊处
梦的衣衫已不知去处

又从终点回到起点
原来世界不过是个圆
走到天边还会回到原点
人生在原点苏醒

【153】

闫建伟,男(1969—)曾用名闫书伟,网名草帽诗人。生于河南省濮阳市孟村第九组。濮阳市作协会员,作品散见市日报、电视报、市人文、华龙诗丛、市电视台、广播电台等播报。诗作曾被《草根诗集》收录。

闫建伟/诗三首

大雪

二十四节轮当值,大雪有期雪无期。
艳艳骄阳降温冷,朗朗明月遮云稀。
室逗鹩哥修花草,野点枯蒿烧蝼蚁。
裘裹黄肤御风寒,星盖裸巢冻乌啼。

收麦

舞起弯月闪银光,开镰割麦收夏粮。
工农商兵齐行动,确保颗粒全归仓。
斗热浪,战骄阳,作业赛区如蒸房。
弓背朝天汗珠淌,不是勋章胜勋章。

小满

夏叩五月胸怀敞，迎来小满弥果香。
颗颗樱桃赛宝石，枚枚杏子泛金黄。
蝉吹柳笛绕枝响，燕子翻飞录音忙。
蜻蜓立荷生新韵，抽出莲丝谱律长。

【154】

周雨淇，女（1997—）深圳人，祖籍陕西。酷爱文学，已发表小说、散文、诗歌作品若干。散文《我等你》获《衡水日报》"诚信杯"征文一等奖；散文《外婆的菜园》获第一届"莲花山杯"散文大赛优秀奖、散文《遇见幺叔》获第二届"莲花山杯"散文大赛优秀奖；小说《武汉之缘》获2018年长江网《旅游达人》征文优秀奖；2019年杜鹃文学网革命故事征文《曾祖父的信仰》获优秀奖。小说《青春的味道》获"看中国读深圳走龙华"征文优秀奖。

散步（外一首）

文/周雨淇

我想牵着你的手
穿过村庄
看袅袅炊烟
走过田野
收获一茬庄稼
路过山川
饮一捧清泉

我们就一直这样走着
累了 站成两棵树
在风中
用目光对话
最终
我们要走进唐诗宋词里
把人生
活成
一幅国画

与一朵花交谈

她独自盛开在荒野
与所有的花一样美丽
可是，有些荒凉 还有孤单
我说，你为什么要开呢？
不开，就不会寂寞
她说，开了，才是花
为了做一朵花，宁愿默默无闻？
是的，我知道我是一朵花就够了
假如碰巧有人路过
那便是我的尘世
原来
等待和花本身一样
都是一种美
倾城 绝世 无悔

【155】

赖香生，男（1965—）笔名：淡雅幽香，广东省韶关市始兴县人。现就职于全国名校广东顺德大良西山小学。《诗赋中华》撰稿人，热爱古典文学，尤其对唐诗宋词和先秦文化情有独钟，对唐宋八大家深有研究，对鬼谷子、王阳明、朱熹和曾国藩的"心学"也有所猎及。对中国的茶文化有一定的研究和造诣。

赖香生/诗词三首

聚散两依依

极目大奔远，冒峰万点秋。
天涯山水阔，廓外暮云稠。
道别情何限，思归意更幽。
长祈重聚面，牌桌语不休。

杜鹃花红

岭南才闻鹧鸪鸟，粤北又见杜鹃花。
一飞一立身一绝，三山三水红三江。
彩蝶飞舞留此处，笑语盈盈附风雅。

白露夜思

虫鸣蛙叫稻幽香，白露夜渐凉。
水月残花弄影，荷枯烟泛黄。

慈母健，儿荣光，趣步强。
仰头翘望，鸿雁高飞，无尽遐想。

【156】

孟兆秀，女（1957—）网名：子禾木兰，中共党员，助理政工师职称。原籍：辽宁省北票市，现居北京。现为中华诗词学会会员。辽宁省诗词学会会员。朝阳诗词学会会员，北票诗词学会会员。北票市作家协会会员。诗词、诗歌作品散见于中华诗词论坛，华夏诗词论坛，中国诗文杂志，北京知青论坛。历任几个版块的首席版主，超版。出身寒门，自幼喜欢唐诗宋词，酷爱诗歌创作。

孟兆秀/诗词二首

浣溪沙·秋游蟒山

游历蟒峰霜正浓，漫山枫叶映天红。
半坡野趣半湖风。
世事沧桑犹可见，转身人去落英同。
与君何日再相逢。

鹧鸪天·秋游黄柏坨

远眺疏林落木萧，崇山峻岭显妖娆。
丹崖悬瀑凌空挂，幽谷流云绕岭飘。
红叶景，画难描，层林尽染似霞浇。
与君旧地游兴至，伴我诗心逐浪高。

【157】

王长春，男（1982—）笔名：慧耀，生于河南焦作。师从慧灯师傅。材料科学家、诗人、音乐家、佛学家、河南省石化医药系统行业标兵、钢铁石化陶瓷领域优秀青年科技专家，周游十余个国家。2001年9月至2005年6月，就读于郑州大学材料工程学院，获本科及学士学位证书，2005年9月至2008年6月，就读于郑州大学高温材料研究所，获得研究生及硕士学位证书，师从钟香崇院士和叶方保教授。

王长春/诗三首

春水流潺

春深花落鹧鸪啼，水上楼头月影低。
流在江湖无限恨，潺湲风雨夜阑西。

痴狂阿月

痴女颠倒恋春风，狂得诗人耀眼红。
阿花相逢须一笑，月明何处是东风。

雪意涔涔

雪消灯火夜，意到白云边。
涔水寒风里，涔阳月上眠。

【158】

杨明才，男（1956—）网名：黑格杨，山西绛县人。退伍老兵，热爱文学诗歌，作品散见于网络平台。

杨明才/诗三首

颂梅

铮铮铁骨烈风寒，俏展长枝白雪盘。
清透暗香纯静美，冰坚斗冷傲颜欢。

水映月

飞霞晚惠怂情豪，色美流光水望遥。
辉放远空明月夜，微波荡影竖楼高。

暗香出墙

滔滔味雅色纯清，美映冰来笑雪霜。
操守问枝红朵正，高墙过处暗飘香。

【159】

韦潇风，男（1976—）笔名：潇湘访雨，甘肃白银靖远人。热爱诗歌文学，作品散见于网络平台、诗选集等。

爱的诗篇

文/韦潇风

冬夜漫漫
铺开一纸红尘长卷
握笔醮砚
细描轻绘
那一片离落的莲瓣
保持着圣洁的素颜
和如玉的温婉
独立、善良、自强
大方、典雅、精致
沧海的彼岸
小十字的路边
轻盈的脚步平和的笑脸
淡定风雨的心间
深藏着鲜为人知的孤单
想用心疼来落款
许你半世清欢
邂逅你的春天
阳光灿烂
从灵魂到相见
你的美被我发现
纤弱的身段
隐约的奢华
品行如莲
内外兼修的内涵
从灵魂之恋
到花前月下的缠绵
那些为你写下的诗行虽清浅
却是我爱你倾心演绎的盛宴
无论季节如何变迁
为你一恋千年

诺成石刻的书卷
挚爱你的琴弦
一曲无终为你弹

【160】

万建国，男（1960—）中共党员，河南镇平县人。高中文化程度，转业军人。原在部队从事文秘工作，转业后先后在镇平县建筑公司、园林处、市政处任职。现为中国书法家协会理事，镇平县作家协会会员。

万建国/诗词二首

如梦令·修路

调集技术精英，志同道和追梦。
道路展新貌，城市建设峥嵘。
施工，施工，条条大路通京。

卜算子·自嘲

坎坷六十年，辛酸莫喻言。
流水韶华修路间，诗书技艺浅。
勤研与自学，伯乐无眼看。
更喜头顶天展颜，天公爱无限。

注：作者系转业军人，1993年从部队转业后，一直在建设系统从事施工管理工作。

【161】

潘贵华，男（1960—）笔名潘黑，苗族，祖籍贵州，生于浙江金华。从小喜爱文学，认为唐诗宋词是文化两高峰。作品散见于网络平台。

潘贵华/诗三首

开窍药

天上拾阳乱景观，弓响人间过难关。
冰冻融后石菖出，大地苏醒麝鹿欢。

补气药

西山水帘落大盆，弼马甘饴玉帝仁。
黄蜂认识前带路，太白扁星非党人。

平肝息风药

钩刺紫蜈羚全妖，代天罗地决技高。
雷音稽玳白牡石，唐僧珍卷人间抄。

【162】

李明寒，女（1996—）笔名：酩寒，河北石家庄高邑人。2018年毕业于北京交通大学海滨学院英语专业。以"思无邪思无忧"为诗歌本旨，以"生平所愿 一

笑生花"为处世之道，以"常乐常相知"与诗友明心。曾于中国西部散文学会发表散文期刊，于月印无心发表诗歌以及散文作品。组诗《母亲》获第十四届紫槐香全国网络文学大赛优秀奖，《何言参商》于世纪金声获新人新作奖。《故事里的国》荣获第五届"中华情"全国诗歌散文联赛金奖。作品《逢》荣获第十五届全国青少年冰心文学二等奖。其作品多见于中国诗歌网与中华文学公众平台。

石子儿（外一首）

文/李明寒

不曾知晓的亵漠千里
在蓝缕筚路的江风外哺育新石
蘋末半滴疏狂的雨
淹了芽
今夜 我不束发
它寡默地躺在圣洁的石碑下
它没有峥嵘往昔的峥嵘
它也没有澎湃以后的澎湃
它有的 只是一个又一个
不起眼的黑夜 白天与、光阴徐来
它仰慕睡在土里的人
它不在浩荡人间的浩荡里委身桎梏
它没有一身十年辉煌
它也没有肆意皱眉的才华
它有的
是任谁都羡慕不来的星空作陪 诗词作傍
是无尽的凄美火焰啊赠予的无由少

年郎
是衰草茫茫于衰草茫茫处得一 得

一、

江海自阔 人间不枉
风月常无情
它曾之身行至万里渊
百花常有意
他不曾有半分怜
直至哪年哪人再诉情愫一宿
直至来风嗜血 挥手怅别
直至河山又潺潺
直至断了前生崖 折了前生柳
谁又记得了了
谁知道了呢
只是个
不起眼 不起眼的
小石子儿喂

我不是个太会写诗的人

有一个人朝我看过来
我转过头去
一眼看到了天堂
想到自己满屋子的香油 瓜子 红糖 面
包
我又饿了
我不可以不忧郁
我不可以太过欢喜
我不能不美丽
我不能不是一个唯一
香水和喷嚏是同一种味道
嗜睡是我在白天的半个代名词
如果小票要开的原因是为了证明我可
以免费

那我会多等半分钟
月亮是骨头做的
风是加勒比的海盗捏出来的
我会接骨头
也会砸骨头
可我更喜欢给月亮穿一件好看的裙子
生与死之间到底隔着什么？
爷爷闭上眼睛的最后一滴泪
还是一场事故蜷缩在马路中央被护士
带走的灵魂
也许是
我这样一个不会写诗的诗人夜半惊醒
来不及去厕所也要写个字
也要写个字的一场淋漓大梦
白头发的我一定更好看
可等我死了
不要埋我 我怕虫
一定要有骨灰的话
先抱抱我
帮我扎个马尾
再尽情地烧吧
虽然我真的怕疼——
光着身子
躺在无垠的月光下
我的骨灰正骄傲。

【163】

张经武，男（1942—）网名：午夜清
风，出生于素有"花炮之乡"与"诗词之乡"
之称的湖南省浏阳市的一个小山村。湖南
教育学院中文专科毕业。中学高级语文教
师，从教四十载，长沙市"优秀教育工作

者"，浏阳市"为人师表"优秀教师。爱好广泛，能书会画，善歌善舞，喜诗喜联，酷爱文学，曾于《湘潭文艺》发表过新诗《山村喜丰收》、《当代教育》、《湖南教育》发表过《也谈〈听潮〉的艺术魅力》、《文言虚词"而"用法琐谈》等论文数篇。现已退休，赋闲在家。

诗歌、禅舞音律，擅长声乐、形象设计。曾策划、举办大型公益慈善彩妆造型发布会，上海电视台、《看看新闻网》头版头条全球播放。历任集团公司总裁兼工会主席、副董事长。中国现代诗歌文化传媒上海总社总社长、哈尔滨总社副总社长。

张经武/诗三首

农家

竹影暗荷池，炊烟渐起时。
桥头樟树下，众叟一盘棋。

故乡晚景

日落孤村暗，林深夜雾稠。
青山呈黛色，碧水荡渔舟。
草舍炊烟直，田畴牧笛悠。
更阑诸籁静，天上月如钩。

闲钓狮山湖

狮山湖上鹭鸥飞，水暖花香锦鲤肥。
朝钓骄阳宵钓月，人欢鱼跳不思归。

【164】

郎根英，女（1957—）笔名：皇家格格，满族，生于上海。喜欢文学、书画、

我和我的祖国（外一首）

文/郎根英

亲爱的我的祖国
走过这风雨兼程的年代
走过这坎坷的峥嵘岁月
迎来了盛世的七十周年华诞
看，十月的红色鲜艳着我的国
在这丰盛轻盈的金秋佳日
全国同一时刻
全球七十个城市共同携手
几万人同唱着一首歌
《我和我的祖国》
优美的音律编排着炽热
脉搏中流淌的热血奔腾
红装素裹闪耀着荣耀
我用母语迎来日出喷薄
我用红色唱响火红的太阳
我热情张开旋风的翅膀
掠过轻摇着乐器的琴手
我看见五星红旗神采飘扬
呵，仿佛我就是旗帜劲情飞舞
舞动着神州的雄风
祖国，生日庆典
升腾的乐曲告诉我们
北斗卫星正在神州遨游

雄壮的国歌奏响着胜利的凯歌
欢奏着航空母舰的辉煌
中华崛起的同心梦
是我们几代人的梦想
我深情地歌唱着祖国大海辽阔
歌唱着火红的太阳从东方升起
歌唱着奔腾的黄河和长江
祖国，我亲爱的母亲
我没有忘记你给我的恩泽
是你用纯静的乳汁养育我们长大
我红色旗袍上绣的云朵祥瑞
是明月与日同晖正在闪耀
呵，仿佛这金黄色丝线
绣的是黄土高坡的窑洞
我用诗的歌曲赞美
我和我的祖国
我深深爱恋着我的祖国
我和我的祖国
一刻也不能分割
无论我走到哪里
心中都流淌着一首赞美的歌

中国制造

惊艳
法国巴黎的舞台
欧洲观众一片尖叫
中国内地一片沸腾
了不起啊华为
祖国的荣耀
无数国人期待的这一刻
中国制造
走过这几年

我对你的支持意念
一刻不曾改变
你曾带着困苦煎熬
背着一地沧桑
换来了今日倔起雄壮
你为国争光了
世界舞台的中国创新
极致的中国时尚
当苹果位置换了主角
谁还敢说
只能三星平果做高端
我仿佛看到
腾空而起的雄鹰
席卷一切力量抟摇直上
不可阻挡
你用崭新的吉尼斯纪录
告诉世界
这是中国技术的制造

【165】

李金凤，女（1972—）黑龙江人，网名梧桐。自幼喜爱文学，尤其爱读诗歌、散文、随笔。作品散见于《大平原》、《北极光》、《肇东文艺报》等。

2020吉祥（外一首）

文/李金凤

匆匆的一年2019
载着满心的欢喜和期盼
悄悄的走了

最后的一天是除夕
伴着鞭炮的炸响声漫步走来
我们有节奏的脚步信心百倍
我们明天的青春永驻
我们快乐的笑容满是幸福
我们拥有最最美丽的生活
载着劳累的喜悦
载着拼搏的快乐
载着一个美丽的梦
让我们一起走起
相信只要努力就有笑容
相信只要奋斗就有欢笑
相信只要尽心就会成功
相信我们的2020顺意吉祥

冬恋

你的脚步匆匆
青嫩的声音
带着期盼
爱的语言
伴着时代的朝气
流浪在友人间
你用雪花表白
你用冻梨诉说心里的话
走在街上，嘴里呼出的
是一个个自由的浪漫

【166】

卫鹏浩，男（1988—）字南枫，居乌鲁木齐。热爱诗歌文学，作品散见于网络

平台、诗选集等。

卫鹏浩/诗词三首

渔家傲·嘉平

塞外狂风骤瑟瑟，涛声依旧月黄昏。漫道雪花随风舞，嘉平里，雾霭绵绵类素帛。

无息玉雪无声碎，无需回馈无声润。天山欣然衣白装，塌前梅，与茗芳香别样红。

冬

朵朵梅花别样红，陌上今日又逢冬。川江冰封无一物，落雪飞舞寒意浓。

雪中梅开

琼羽飞舞陌上白，低眉吟唱步逍遥。梅开不减当年勇，天涯芳香依然昭。

【167】

钟世韩，男（1974—）广东河源市人。高中毕业，自考华南师范大学教育学专业。现在家任教。喜爱诗词写作与研读中医古籍。系南方现代诗研究中心《飞雪》诗社社员，河源市诗词协会会员，

《思归客》特邀作家，中原诗词研究会会员，《浔阳江诗社》社员，《四川省散文学会》会员，《竹韵汉诗》学会会员，依安县诗词协会会员。作品散见《中华文艺》、《龙川文艺》、《思归客》、《中国风》、《诗中国》、《中国当代爱情诗典藏》、《河源日报》等。

钟世韩/诗三首

西湖荷花

清歌一曲水云间，西子湖中看小船。
雨后荷花颜色好，谁将绿袖掩红衫。

冬至

节逢冬至一阳生，凛冽严寒数九迎。
地冻霜天阴渐去，枯枝山瘦待青萌。

元旦随笔

金猪辞岁纸书藏，鼠岁征程续韵章。
辛苦育人研理论，行文炼笔入师行。

【168】

樊利华，男（1956—）网名五谷，江西修水县人。汉语言文学专业毕业，一直从事中小学教育工作，历任中小学校长。

系中国诗词研究学会会员。发表诗词一百多首，曾被《诗人乐园》收录。著有《五谷诗集》）。

重修樊氏宗祠赋

文/樊利华

樊氏宗祠，艾西古阙。地处楚水之源，位居幕阜之麓。后有黄龙送脉，起伏绵亘；前有土龙为屏，蒸云吐气。四廓青山拱卫，两侧绿水淙淙。地尽东南之美，气聚天地之灵。

樊祠古老，始创于南宋，修茸于民初。樊祠多舛，经风雨侵蚀，斑驳而陆离；遭运动冲击，饰毁而容衰。飞垛尽除，如凤之失翼；钟顶全拆，如龙之斩角。噫吁唏！樊祠黯然，族人神伤。

及至丁酉岁，时序壹柒春。有族人志远，历任局长，位居庙堂；致仕于花甲，闲居于宁州；享天伦之乐，悦弄饴之欢。然，族众雅望难却，修祠职事怎辞？受命以来，宵衣旰食。统领各房执事，动员族面精英。收丁费于千家万户，募捐款于大江南北；方得资金巨万，终收众志成城。于是乎，购砖瓦于闽，伐巨木于湘，延工匠于皖，绘图纸于粤；历时三载，耗资千万。方大功告竣，樊祠巍然。

壮哉！樊祠。占地十余亩，周匝二千寻；天井十二口，用房数十间；中堂可容千人朝拜，厢房可供百客宵眠。檐高数丈，仰视巍峨；顶危百尺，上出重霄。登钟顶，俯雕甍；山泽旷其盈视，峰峦秀其争拱。青砖碧瓦，飞阁翔舟；兰宫桂殿，古色古香。大木圆而直，橡柱工而牢；画凤飞于梁，金龙盘于柱。香烟缭而神台紫，彩灯明兮桂殿辉。

竣工作赋，是感于宗祠之雄伟，鄙怀敢竭，是缘于樊氏之兴盛。恭疏短引，浅言薄意，怎尽樊祠之伟哉？

诗曰：
重整宗祠三载毕，巍巍古阙焕新容。
描来画凤飞梁柱，竖起高门对土龙。
列祖先贤堂上坐，八方灵秀四时雍。
仲公始祖源流远，四海绵绵共此宗。

写于己亥腊月初。

【169】

王秋香，女（1974—）网名：秋秋星语，江苏省昆山市人。热爱诗歌文学，作品散见于海外文摘、散文选刊、苏州报、昆山报等刊物及网络平台。

期待一场梅的盛宴（外一首）

文/王秋香

避开城市喧嚣
绕过日子的旮旯
在公园的一堨
酝酿一场梅的盛宴

你不说花开有期
也不提冰冻三寒

横斜倩影 打着花骨朵
抵御西风的刀子

看 来了
梦中王子 白衣飘飘
踏着梅花三弄的旋律
如约而至

这是一场美丽的邂逅
朵朵血红 如期绽放
披上白纱 目光炯炯
点缀在胭脂殆尽的隆冬

荷韵

你来自淤泥 在阳光里站立
脱俗 飘逸
把晦涩交于湖岸
碧水间酝酿美丽
兀自开放 香袭十里
醉了隔岸赏荷人

你来自前朝 在月光下流韵
清幽 孤傲
把自己根植在一首诗里
裹挟唐诗宋词的韵律
一袭素衣 婉约娉婷
醉了隔岸吹箫人

你来自佛前 在佛台间绽放
泌静 空灵
把尘世烦忧抛开
闭目在经殿中诵咏天籁

梵音袅袅 清润尘心
醉了隔岸听禅人

尚凄然。
淡宜然。
各自东西难御寒。
再逢知那年。

【170】

杨广武,男(1956—)中共党员,笔名:寒雨鸣丝弦,字:白山,网名:飛翔。吉林省通化市人。系世界汉语文学作家协会会员,中华诗词学会会员,中国文化人才库入库人员会员,吉林省通化市分会主席。作品主要发表在世界汉语文学、诗中國杂志、当代华语诗歌精华等诗刊。诗歌被《经典格律诗》、《诗词曲赋名家》收录,是华语诗歌百位奠基人。

凭阑人

谁憶梅花一段愁。
飞雪惜枝情不休。
扶梅愁更愁。
欲说无尽头。

杨广武/诗词三首

天仙子

飞雪映梅春已到。
雾淞琼掛枝头俏。
天公有意画江山,
无限好,更微妙。
万里北疆同日照。

长相思

语无言。
忆无言。
卿有心思万万干。
飘零影未安。

【171】

段清华,男(1969—)笔名:小白杨,陕西华阴人。1989年冬入伍,党龄28年,曾经军旅十余载,痴心写作终不悔。先后在军内外各类报刊媒体发表文学作品近百万字,其中《习仲勋和华山的不解情缘》、《特等战斗英雄刘吉尧的华山情》获大奖。现任中央及省内外多家媒体特约撰稿人和《陕西广播电视报》特约记者,诗文在《中国诗人在线》、《名家荟萃文化传媒》、《西岳文化》、《华山微视》等近百家媒体发表。2019年七一前牵头组织浙江湖州社会化拥军艺术团赴新疆伊犁军分区三道河子边防连、武警新疆伊犁州支队驻霍城某部《万里拥军伊犁行》活动,创作了军旅歌曲《再访小白杨》,堪称《小白杨》姊妹篇。

段清华/诗三首

赞拥军好妈妈李根娣

湖州拥军好妈妈，心系国防人人夸。
母女两代是军嫂。拥军爱兵真情洒。

乐当红娘架鹊桥，军地联谊人人夸。
拥军庄园常开放，文艺演出顶呱呱。

成立拥协常态化，捐资捐物爱无涯。
真情拥军十余载，官兵称她李妈妈。

熏衣花香伊河畔，三道河子送奶茶。
不辞万里来慰问，军民联谊绽奇葩。

歌舞温暖官兵心，香飘万里情无价。
人民关爱送边防，维稳固边奉献大。

万里拥军伊犁行

熏衣花香伊河畔，西陲处处赛江南。
万里拥军送真情，湖州伊犁心相连。

香飘万里显大爱，凡草溯源情绵延。
随身游科技来助力，欣宏燕丝绸走在前。

三道河子边防连，胡杨斗士威名传。
戍边巡逻守前哨，河口尖兵是模范。

边疆是我温暖家，军歌在此有渊源。
官兵合唱歌声起，军民互动心相连。

亲人慰问来连队，官兵倍感心里暖
军民联谊情意深，携手共建大家园。

自勉诗

半生军旅戍边陲，献身广电洒余晖。
诗文怡情走天下，淡泊明志心无愧。

【172】

覃罡，男（1970—）笔名：南山放翁，网名北斗金刚，生于广西壮族自治区玉林市陆川的九洲江畔，天下九洲，地灵人杰，山水的柔美孕育了温润的性情。作品200多篇选入《祖国文学》、《广州文苑》、《上海文学》、《新东方文学》、《新诗苑文学》、《广州诗刊》、《双槐文苑》、《城市头条》、《草根诗集》等刊物及网络平台。

中国雄起

文/覃罡

春风又度玉门关
万里长城绿始还
风有点冷
湿润湿润的
抚摸我的祖国
我的家园
柳开始吐芽

笑看十里桃花
垂直摇摆
似千万双合掌的双手
一柱香
一份祝愿
祝愿地久天长
祈祷人民坚强
疫情过后
留一份尊严荣耀
柳绿桃花香
花盈山岗
情爱徜徉
山笑水呼挥手致意
注满泪注满喜
向世界证明
红日永耀东方

春风又绿阡陌
花开别样暖心房
蝶舞燕舞
莺飞草长
长城内外绽辉煌
华夏万里绿蓉红妆
天圆地方万里长城
花笑莺啼千里呈祥
谁主沉浮问东方
冠毒降魔灭亡
浩浩黄河滚滚长江
涛声欢声笑傲天下
华夏强
炎黄壮
百年强国梦
环宇引笑声
一带一路披锦绣

十里桃花映脸庞
中华崛起
民族兴旺

【173】

曾建新，男（1954—）湖南新化人。湖南省科学技术研究开发院原党委书记，退休后应邀参加省老科技工作者协会尽义务，与诗歌、书法界朋友亦有较深交往。

重游邵阳老城有感

文/曾建新

寻儿时足迹，
觅少年梦想。
邵水河畔，
资江岸旁。

曾几多豪情，
几多张狂。
挟一腔热血，
九曲忠肠，
踌躇满志踏上求学路，
半斤粟米欲当三日粮。

草鞋走天下，
毛板达汪洋。
放眼世界，
剑涤国殇。

今华灯璀璨，

溢彩流光。
看天上人间,
美轮美奂。
安知当年豪情仍在否?
水府庙中把酒问云长。

荷花悠存色,枯景风韵恋。

宋阳,男（1952—）笔名颂扬,吉林市人。二十岁学写诗词和现代诗,业余爱好书法。作品散见于网络平台。

周明全,男（1968—）网名：用尺量度,河南汝州人。诗词爱好者,写有大量诗词散曲。作品散见于文艺杂志、诗选集等。

宋阳/诗一首

风流人物

文王羑里易经研,姜尚垂钓渭水边。
屈原汨罗留憾恨,廉颇老矣心不甘。
秦皇一统六国归,荆柯潇潇易水寒。
霸王垓下别虞苦,昭君出塞两族欢。
翼德长坂喝断水,云长单骑过五关。
诸葛尽瘁为三顾,渊明耕种有桃源。
杜甫三吏又三别,李白斗酒诗百篇。
白翁长恨说贵妃,商隐见难别亦难。
岳飞怒发冲天起,天祥汗青史名传。
东坡赤壁抒怀古,大汗射雕向长天。
唐寅三笑良缘缔,郑燮难得糊涂观。
曹公红楼梦一场,秋瑾女侠美名传。
逸仙三民兴华策,润之枪里出政权。
八年抗战驱倭寇,四九开国庆大典。
恩来总理丰功伟,小平改革功不凡。
北京零八开奥运,近平治腐惩大贪。
一带一路群英谱,中华盛世喜无前。

周明全/诗三首

正月雪

新年新事新气象,正月迎来雪添容。
银雪满天飘大地,万物露土朝阳笑。
春眠迎雪碧绿生,雨水增补植滋润。
清明绿颜叶茂盛,家富国强百事兴。

回首

仰望星空默无声,回思往事醉玲珑。
破肠屼苦泪渐涕,振容忍痛埋腹中。

秋涩

秋色逐渐淡,香气依飘然。

【176】

姚书银，男（1966—）汉族，北京市延庆县人。1986年7月毕业于北京市延庆师范，先后在北京市延庆区大柏老中心小学，北京市延庆区沈家营中学担任教师。酷爱古体诗词，系北京市延庆区诗词楹联协会会员，于2014年3月开始诗词创作，诗词作品发表于《延庆报》、《妫川》及网络平台。

姚书银/诗三首

致敬逆向英雄

疫情吹响冲锋号，无数英雄逆向行。
天使离家含泪走，军人迷彩耀江城。
硝烟不见降魔兽，众志凌云势若虹。
飞将战书豪气在，神州春晓必康宁。

春雷

惊蛰春雷鸣，神州好雨行。
东风送温暖，唤醒草木虫。
两会传佳讯，新政乾坤澄。
阔步阳光路，圆梦中华腾。

咏菊

四野飘香花正红，三秋争艳最丛笼。
东篱把盏心神醉，不畏寒凉君子崇。

【177】

殷学贵，男（1966—）河南省固始县人。1994年毕业于信阳师院中文系；中学语文高级教师，中语会阅读研究会会员，浙江省写作学会会员，温州外文协会理事，瑞安作家协会会员，全国高考复习用书《名师博客》主编，高中作文辅导教材《学习的艺术》编委。业余时间，主要从事教学科研和诗歌创作。

殷学贵/诗二首

中国古代四大美女

一、西施

姑苏台上热歌舞，馆娃宫中醉海棠。
颦眉常惹脂粉嫉，浣纱曾羞鱼鳖藏。
春山秋水生笑靥，玉指皓腕动丝簧。
杨柳轻摇夫差梦，鸽影频穿勾践堂。
三千越甲雪国耻，一缕香魂冤沉江。

二、王昭君

自知明艳羞行贿，娥眉深锁后宫闱。
胡汉和亲歇边将，琵琶声断沙漠垂。
哽咽悲吟泣落雁，玉骨憔悴家难回。
但得红颜靖国难，衣带渐宽终不悔。
青冢烟尘萦旧梦，环佩月夜几时归？

三、貂蝉

浮云蔽日汉无光，窃命奸臣紊朝纲。
月下听闻司徒叹，舍身取义祭国殇。
连环套牢太师项，爱火灼烫温侯肠。
舞步莲足穿心剑，纤歌媚药沁腑香。
父子反目逞原望，白门长别留惋伤。
一缕忠魂谁告慰？秋风萧瑟感凄凉。

四、杨贵妃

罗袖飘飘玉榧香，华清赐浴脂水长。
金屋专宠娇无力，酥胸肥臀卧软床。
霓裳羽衣翩翩舞，燕语莺声恰恰腔。
羞花闭月倾国色，尽日人君蝶蜂狂。
灵药精疲爱不永，心火炙热思前郎。
宠信胡儿造冤孽，马嵬谁怜替罪羊？
社稷多因爬灰误，荒淫纵恶唐明皇！

秦淮八艳

1、顾横波

秦淮八艳竞风华，诰命一品落谁家？
夕照清溪留倩影，晚春横波浴彩霞。
婉转歌喉恋南曲，峻嶒傲骨醉兰花。
率真鄙俗叹文士，慷慨济困感义侠。
向使投井身先死，问谁诟病后庭花？

二、董小宛

心灵格律押千韵，手巧酥糖甜万口。
抚琴月下思难尽，刺绣楼中恨不休。
抨腐斥阉惜复社，愤世伤时爱清流。
卖唱陪酒非妾意，相夫教子是我求。
佳期如梦梦短促，柔情似水水长流。
逃亡侍药累夫婿，坚守换取叶先秋。

三、卞玉京

玉质冰清诟风尘，装欢卖笑掩泪痕。
诗书落笔嗟清雅，琴河放棹念故人。
改着道装避兵乱，虚进丫鬟乞全身。
抚琴道别感旧意，刺舌抄经报空门。
红颜易老缘谁误？恸哭青冢叹梅村。

四、李香君

纤纤玉指动丝簧，名满秦淮两岸香。
宴饮豪杰愤国难，交游雅士斥阉党。
退金邪辟断痴妄，拒婚娇弱挺脊梁。
血染桃花饰香扇，评弹琵琶说蔡郎。
命丧侯门损礼教，辜负红颜痛侠肠。

五、寇白门

喇叭百转遏行云，花轿千军动风尘。
从良半路惜苦命，筹钱万金报难臣。
匹马南归悯迁客，孑影北望怜骚人。
思嫁孝廉恨薄幸，欲从秀才仇寡恩。
画兰侠骨有谁解？度曲柔肠少知音。

六、马湘兰

春到江南花信催，秦淮莺燕斗芳菲。
明月有情进书幌，好风无赖掀幕帷。
诗赋常惹骚人醉，兰竹竟牵墨客回。
燕语通今解惆怅，莺声博古慰伤悲。
寒雨连夜敲梦断，秋水终日望船归。
姑苏歌舞胭脂泪，繁华散尽错过谁?

七、柳如是

文房四宝书远忧，秦淮八艳列头筹。
常叹女身慕红玉，时伴男装羡名流。
社稷光复言慷慨，金银赠捐意绸缪。
国破欲随屈平去，水寒偏为夫婿羞。
无辜鬼蜮逼薄命，有幸山河葬香丘。

八、陈圆圆

梨园弟子色艺香，秦淮八艳一时芳。
嫩云出岫梦穿镜，乳燕归巢音绕梁。
凝神屏气看歌舞，入迷着魔听唱腔。
秀才作对通款曲，豪贵垂涎许金房。
红颜不偶掳田畹，快婿难择误冒襄。
宗敏掠淫侮明艳，三桂羞愤叛炎黄。
艺压西厢爱不永，宠冠后宫情难长。
年衰色老繁华落，寂寞青灯古佛旁。

【178】

贾贤赟，男（1980—）本名贾现超，汉族，河北赵县人。毕业于河北大学，中国散文学会会员。河北省生态文明建设促进会副会长，河北省寸草心志愿服务总队发起人之一、秘书长，兰舍读书生活会发起人之一、撰稿人，河北省赵县《常信贾氏宗谱》编撰人之一、召集人。喜欢读书写作，游历人文遗迹；以出世的心，做入世的事。座右铭：怀忧乐之心，耕读传家；秉大学之道，诗书继世。散文有《酱沏花里的味道》、《童年那时中秋月》、《遇见》、《我的小闹钟》、《爸爸，我什么时候可以自己回家》、《常信村水祠娘娘庙会——地域民俗文化信仰》、《不忘初心，活在当下》等，诗歌有《兰舍铭》、《寻根赋》、《春天的家乡》、《梨花白》、《问雪》、《等待飘雪》、《大学的爱，非典的情》、《另一个世界》等。

大学的爱·非典的情

文/贾贤赟

非典
2003年的非典
是那么的值得铭记

那一年
遇见悠悠得一知己
成为我一生的秘密
爱情
就这样融入我的人生里
孤寂
不再是我的脑海记忆

信念
这就是大学的爱 非典的情
我们一起创造了大学的爱情奇迹
我们一起坚持到底
她不离 我不弃

那一年
世事难料情非得已
携手彼此不需要分歧
爱情
就这样走进我的幸福里
生活
需要唐唐这块粘合剂
甜蜜
这就是大学的爱 非典的情
我们一起创造了生活的诗书田地
我们一起耕读下棋 平淡出神奇

【179】

余聚辉,男(1996—)笔名念雪思萍,广东江门开平人。系广州白云广雅实验学校语文教师,广州市青年作家协会会员,曾获全国"文鑫杯"写作大赛一等奖,七夕最美情书征文大赛最美情书奖,首届"诗歌月"诗词创作比赛格律诗词组二等奖,中国青少年选集大赛诗词二等奖,"师德师风"主题征文二等奖,"当代精英杯"全国文学大赛诗词曲赋组三等奖,多篇作品发表于《传奇故事(校园文学)》、《奉天诗刊》、《文澜》、《南边文艺》等。

余聚辉/诗三首

彩云归

落雨黄昏后,栏边叹鸟鸣。昔年同看月,今日独飞筝。

多少离人泪,来回满腹情。诸君如有意,我便踏云行。

叹时

风雨暂收端午至,数船停岸满观池。龙舟虽远犹能返,江水长流不复知。

君问缘何垂泣泪,我言争奈谢春枝。云来云去终无影,花落花开自有时。

绿豆汤

假日偷闲茶一盏,忽闻月下叩门音。瓷霜沉翠描苍浅,水绿浮沙点碧深。

年后新时无我意,忆中旧地有余心。此情此景君犹记,是夜初谈泪满襟。

【180】

夏震,男(1968—)笔名磐石,四川武胜人。系中学语文高级教师,四川省诗词学会会员。作品散见《大平原诗刊》、《川东文学》、《圣地诗刊》、《大渡河文学》、《四川人文》、《参花》、《四川诗歌》、《星星诗刊》、《星星诗词》

等期刊及众多网络平台，诗歌入选《中国现代新派诗歌100人》(第一卷、第二卷、第三卷)、《2019中国诗歌大典》、《中国诗歌选》、《草根诗集》等多种选本。曾获年度诗歌奖、全国诗歌大赛奖。

夏震/咏春诗五首（组诗）

一

春归瞳日笑迎庭，万物复苏景象明。
遥想毒霾当溃散，楚荆兄弟可康宁？

二

僵枝沐日骨骼舒，水软风轻过井屋。
几树红梅新打扮，一身锦绣笑村姑。

三

水醒山空又立春，莺飞草长雨如针。
泥牛下地商农事，柳绿桃红便俯身。

四

春入屠苏气象新，无边光景翠竹森。
山前豆麦同油菜，奋力拔节向上拼。

五

大地春回紫燕飞，百花次第各芳菲。

青溪翡翠依杨柳，镜摄新枝倩影葳。

【181】

杨清海，男（1964—）土家族，出生于重庆市酉阳自治县。当代诗人。重庆市作家协会会员，重庆市电视艺术家协会会员。曾任酉阳县委常委、宣传部长，现任酉阳县人大常委会副主任、党组副书记。勤于笔耕，作品散见于《中国风》、《文艺报》、《北京诗人》、《大众诗社》、《山东文学》、《参花》、《浮萍文学》、《银河系》、《酉水》等多家报刊和网媒，并收入《新诗百年·中国 当代诗人佳作选》、《全国诗书画家精品集》、《经典文学：诗歌精选》、《世纪风采：诗人诗选》、《嘬住阳光》等十种出版物。曾获第九届、第十届"羲之杯"当代诗书画家邀请赛二等奖、第六届"相约北京"全国文学艺术大赛一等奖。出版有诗文集《面对武陵山》、诗集《心灵的烙印》。

铁山坪（外一首）

文/杨清海

铁山坪
一年四季都是春天
历史已经证明
精准把握望闻问切
未来责任如山

铁山坪
因您声振遐迩
一个偏僻的小院，因您
络绎不绝，人声鼎沸
充满温暖

铁山坪
一位善良的医生
凭着宽厚的仁心
把众多的垂危病人
心灵慰藉，远离绝望

铁山坪
一位年轻的医生
凭着精湛的医术
替很多医院拒收的患者
赶走死亡

铁山坪
这位德高术奇的中医陈云
创造无数惊人的奇迹
点燃无数生命的亮光

铁山坪
山路崎岖铺满大爱
心路宽广通向远方
微笑绽放在山间
坚守，为生命
奏响乐章

谨以此诗献给医德高尚、医术精湛的
陈云医生！

昨天的掌声已经疲惫

昨天的掌声已经疲惫
鲜花开始凋零
一份沉甸甸的旧时光
渐渐燃烧为灰烬

也许曾经的花事
把岁月的伤痛抚平
生命记录下彩虹
回馈风雨之中的同行

阳光把触角伸向最低处
心中收仁路边的风景
无需注释的思绪
成为历久弥深的诗情

期待是一份责任
天荒地老不改初心
牵手笑对如烟的过往
让未来更加清醒坚定

【182】

宋颖，女（1947—）辽宁盘绵人。台安高中六六届毕业生。退休前从事教师及酒店管理工作。热爱文学，笔下的晚年生活常注于笔端。诗歌、文章散见于刊物及网络诗社平台。

宋颖/诗五首

游家乡东湖

千诗万赋苏杭美，最爱东湖画里随。
镜内烟波光日月，堤边草木竞花菲。
垂絲柳叶亲云荡，锦鲤翠莺戏燕归。
老幼腾鸢歌盛市，吟词寄语笑扬眉。

除夕

火树银花多彩夜，天南地北庆团圆。
妈妈上灶佳肴煮，爸爸蹬高靓绘粘。
小小悬提福字写，妞妞转扭胖足颠。
爷爷抿酒瞧孙乐，老妪着红赋美篇。

初一云居寺祈福

新桃乍展未天晴，老幼合家伴乐行。
寺外人欢鞭炮响，炉前火旺巨钟鸣。
千年篆刻佛经绝，万载泽祥舍利莹。
偶塔红墙竹吐翠，松涛古柏漫春风。

乐春图

奶奶剪窗花，爷爷把话拉。
妈妈切美味，爸爸泡茗茶。
小小数鞭炮，丫丫耍萌娃。
团团围坐好，烙饼卷春芽。

葬母

郁郁岭坡寒，鲜花伴纸钱。
松涛吟悼语，泪冷和悲言。
驾鹤相随去，观蝶忘返还。
儿孙呼地裂，应对比天难。

【183】

赵建民，男（1965—）黑龙江兰西县人。从事文化影视项目策划、家族文化传播和野战热食快餐化保障装备研发生产。

我们是一堆篝火（外一首）

文/赵建民

我们是一堆篝火
在你寒冷的时候
我们燃烧着自己为你送去温暖
我们是一堆篝火
在你恐惧的时候
我们释放的火热给你降妖驱魔
我们是一堆篝火
在你欢乐的时候
我们激情的烈焰为你欢呼呐喊
我们是一堆篝火
在你团聚的时候
我们火辣的热情把你幸福点燃
我是一名警察
自从穿上这身警服
就把身家性命权当篝火的松枝
宁愿为你把自己人生家庭抛洒

我是一名警察
自从选择这份职业
就承担起了扶危救困急难险重
甘愿为国家舍生忘死担当奉献
我是一名警察
虽然得不到你的尊爱
可我却依然悄悄把你关爱奉劝
痴心地为你撑伞保护排除风险
我是一名警察
虽然得不到社会的关爱
可是家国有难我依旧守住防线
不论是洪水灾难还是病毒罪犯
我是一名警察
职业身份是我原则标签
任凭亲朋好友费尽心机的说劝
尊重事实维护法律是我的研判
我是一名警察
警徽警服是我神圣标志
人情冷暖爱恨情仇我都曾体验
公平正义保护平安是我的底线
我是一名警察
虽然心里装满了委屈
可我却依然把全社会维护热爱
任凭牺牲伤害来自心里的无奈
我们都会把是非——过滤掩埋
在那肃穆的陵园守望你的礼赞

战 疫 情

那一刻
刚刚端起除夕的饺子
耳边响起疫情的警报
那一刻

刚刚脱下值班医护服
又穿上军装背起行囊
疫情就是命令 义不容辞上战场
那一刻
张张请战书挺起了国家脊梁
铿锵的誓言筑起了人民希望
那一刻
逆行的脚步迈出了国家力量
从容的背影坚定了人民信念
那一刻
八方驰援汇聚出了众志成城
笔笔款物折射出了仁爱光芒
那一刻
党徽颜色闪耀出了信心温暖
党员行动引爆出了奋勇当先
那一刻
感动的泪水夺眶而出
那一刻
生存的希望怦然心动
那一刻
凝心聚力万众一心
那一刻
举国上下全力以赴
泱泱大中国岂可小小病毒作孽
威威大中华岂能疯狂疫情肆虐
人民战争的汪洋大海把你湮灭
国家行动的强大力量把你掩埋
春天的阳光不会迟到
人民的笑声响彻神州
中国的梦想不会迟到
中国的力量撼动天地

【184】

张忠，男（1969—）笔名张讯，生于内蒙古自治区呼和浩特。现是内蒙古自治区诗词协会会员。

你在远方

文/张忠

你在远方
听到了吗
春姑娘在云中歌唱
山峰上有我的目光
冬寒的日子
一直守候着你的方向
收起了思念
裹在了风的行囊
你在远方
杨柳在梦中舒醒
开了花的却是寒霜
依然是北国风光
我的心
燃烧着希望
你在远方
我坐在了云端
冰冷却在身旁
看见了
黑头发在风中飘荡
很多次的梦里
你的脚印
在我的田地里歌唱
你在远方
一个轮子的燃烧

世界全都震响
我却轻轻地
呼唤的声音
不在山谷中流浪

2020.2.2

【185】

黄爱平，男（1962—）瑶族，江华人。大学本科学历。国家一级作家。1982年参加工作，2008年加入中国作家协会。曾任《零陵日报》编辑、记者，永州市文联党组书记、主席，湖南省文联副秘书长，湖南省民间文艺家协会副主席等职。系中国民间文艺家协会会员、中国少数民族作家学会理事、湖南省作家协会全委会委员、湖南省少数民族文学创作委员会副主任、湖南瑶族文化研究中心主任。著有诗集《边缘之水》、《黄爱平诗选》等。《黄爱平诗选》获第三届毛泽东文学奖和第九届全国少数民族文学创作骏马奖。

长鼓（组诗）

文/黄爱平

一

群山莽莽
蔚蓝的天空下
无论是白天还是黑夜
寂静像波涛一般

吹动起伏的山峦
一位年轻的猎人
牵一条黑狗
从远古的神话中
走出丛林

二

千年的瑶山呵万年的瑶山
你青峰相连沟壑纵横
只有一步步走近
才能看清你的面容
才能听清你的言语
只有深入你的内心
才能感受你无边的汹涌
和大山的意志

三

绵绵瑶山
是谁
带领一群精悍之人
翻过一山又一山
在荒凉的山野
播种包谷红薯
播种绿色的希望
在古老的森林
追逐麂子野猪
追逐变幻的风云

四

一颗幼苗要长成参天大树
必然要承受风雨雷电的鞭击
一个人要成为部落的首领
必然要冲锋在前敢于流血
一个民族要兴旺强大
必然要经历
千年的迁徙
千年的沉浮
千年的苦难
千年的生死

五

幽暗的岁月
需要无比的勇气
照亮前程

六

桐油灯火
在老人额头深深的皱纹里
闪烁
他用时光之手
精心地雕刻着
一段不朽的往事
雕刻着一个山地民族的传奇
我们怀着复杂的心情
注视着那只美丽的山羊
大山深处
处处潜伏着凶险

我们不但要与虎夺食
与恶劣的环境
作殊死的拼斗
还要时刻防备和抵抗
外面世界那些歧视、贪婪
和比野兽更凶残的剿杀
生生死死
对于大山里的人们
就像抽一口旱烟
平平常常

七

山雾正浓的时候
一群群我的同胞
从各自的寨子里出来
三五成群地走下山头
扶老携幼一步一回头
有的走到河边
登排而去
更多的人踏上了
弯弯的山道
身影渐渐消逝在
云雾之中
再见了千家峒
我祖祖辈辈居住的家园
再见了生我养我的土地
花开四季
金稻飘香
鸟飞天际
一切都将如梦如烟
从此一种庄严的承诺
一种神圣的信仰

在身为瑶山人的心里
秘密地燃烧起来
薪火代代相传

八

胸中堆积如山的感情
需要抒发
悲伤地时候
我们要呐喊
绝望的时候
我们仰望苍天
默默地祈祷
恋爱的时候
我们与山风一起舞蹈
月光下
阿哥扯一片树叶
吹出世间最动情的天籁之音
阿妹在林子里唱出的歌声
就像清晨飞出一群群黄莺
无数个漫漫黑夜
我们围坐火塘
大碗喝酒
然后吟唱
古老的谣曲
一直到天明
更多时候
面对天边血红的远山
我们齐齐跪下
泪流满面
我们在怀念那远去的故乡
以及埋在故乡山坡上的
列祖列宗……

九

油灯已尽
而世世代代的生命之血
一滴滴
滴在一段神性的桐木上
滴在一张光洁的羊皮中
由此
铸造出一种象征
铸造出一节脊梁
铸造出一座民族的丰碑
横亘在天地之间

十

群山寂静
岁月无声
这一刻我们已是等得太久
千年等一回
我们看见惊涛裂岸
卷起千堆雪
我们看见巨风袭来
地动山摇
我们看见自己的心跳
正从天边万马奔来
沉默的天空
长久期待的时刻
已经来临……

【186】

陈艳玲，女（2000—）笔名：五尘，生于山东省东营市利津县陈庄镇。性格开朗乐观，爱好写作，喜欢与诗作伴，作品散见于网络平台、诗选集等。

陈艳玲/词赋一首

经世济民

于瀚澜霄云之境，召之万顶穹苍溢邦茫

山呼兮生生，海呐兮峥峥
亦历烈阳之炙，以溃殆性，以著本心之毅决
唯昭质之心以堪天下，唯惠世之怀以济民生
翩纤然有染落英，娉婷然有塑流云
此间少年，
凛然兮不辜经世之责，不荒承世之业
孜孜唯民，厚德之以载物
馨馨唯志，慎行之以入世
投吾身以研婍，
资吾志于百渡处觅真知。
吾辈峥嵘，一席素衣不碍青云志。

【187】

张淑云，女（1952—）字海花，笔名清风飘香，河北沧州人。系中国当代诗歌大词典文学理事，中华诗人诗社理事，大中华诗词诗苑版主会员，中华诗赋网高级会员，香港诗词协会功勋诗友，河北诗词学会，沧州诗联学会，南天诗社诗词吾爱网等多家诗社会员，管理、版主。作品散见于《中华诗人100家》、《中华诗人》、《香港诗词精萃》、《夜桥灯火》、《塞外风》、《中华诗词》、《中国诗影响》等书刊。《军嫂情思》、《为君写诗》、《悼亡诗》分别选入CCTV三大礼宾书传世大典。

张淑云/诗词二首

致敬钟南山

十七年来二拜山，英雄挂帅镇魔顽。
花城曾把萨斯灭，江汉今朝冠状删。
家有贤良能定国，医凭真学可过关。
白衣妙施回春手，大灭榛荆秀色还！

月影探绮窗

月影探绮窗，聆听伤心讲。
泪作悲歌天涯寄，托汝幽冥往。

旧梦幽词狂，怎断无情棒。
拣尽严霜锦绢集，难画温馨样。

【188】

王馨，女（1972—）笔名冰峰，网名温文尔雅，山东省黄县人。原在沈阳话剧院工作，系辽宁诗社协会会员，辽宁营口婚礼礼仪协会会员，文联协会会员。从小喜欢文学，酷爱诗歌朗诵、写作、琴棋书画，现在朝鲜民俗文化宫，市辽宁电台播音主持工作。

武汉加油

文/王馨

这是个美丽的地方
你的名字叫武汉
随着祖国的进步与发展
你早已绽放时代新颜
就是在这个美丽的地方
现在正经受狂风巨浪
面对新型冠装病毒的侵害
你劈风斩浪，依然坚强
加油啊，武汉
中华同胞齐声为你呐喊
不管有多大的风和雨
祖国都是你爱的港湾
挺住呀，武汉
我们为你保驾护航
团结一心，众志成城
打赢这场疫情保卫战
为国为家保平安

【189】

苏维德，男（1970—）笔名：柳梦，安徽省合肥市包河区人。从小酷爱诗歌、绘画、散文，是肥西作协委员，现在是《中国爱情诗刊》（安徽诗人）第971期的在线诗人。

目光（外一首）

文/苏维德

思绪
绳索般伸向天际
斜扯下月光苦渡

时光
青藤似的爬满心头
意乱心慌又无助

拉住月光
让爱意缓缓地流淌

抛却时光
不去惊动爱的目光……

听雪

听
雪的声音
有我相思的灵魂

听

雪人的身后
有你嬉戏的靓影

看
思念的诗句
挂在轻摇的雪枝梢上

看
漫天飞舞的雪花
送来你心中的故事

雪花与落叶耳语
叹息着风花雪月的情事
叹息我在雪地 你在何处

【190】

彭海祥，男（1954—）笔名长歌，广东省四会市人。多年来一直以其奔放的豪情、浪漫的风格驰骋于文坛翰海，尤其酷爱诗词歌赋，已出版《逸闲随笔》、《奔腾豪情》、《玉韵丹心》、《翰海诗涛》诗词集，诗词作品入编《当代艺坛百家》艺术珍藏册和《中国最美爱情诗选》。现为中国艺术百科艺术总监，中国诗歌网推荐诗人，《中外文艺》、《当代文摘》、《最美作家》特邀专栏作者，中华诗词学会会员，中国诗歌学会会员，中国楹联学会会员，是入编《中国文化人才库》的诗人、作家。

彭海祥/诗二首

贺港珠澳大桥胜利开通

滚滚波涛舞巨龙，华城三地喜连通。
沉箱海底开新道，吊臂凌空架彩虹。
科技结晶呈硕果，创研筑就妙奇功。
一桥横跨港珠澳，伟业惊天举世崇。

纪念建军九十周年大阅兵感怀

三军将士气昂扬，威武之师意志刚。
劲旅英姿齐振奋，雄风漫卷势铿锵。
战鹰呼啸撼顽敌，导弹神功镇虎狼。
万里长城永不倒，中华国梦绽辉煌。

【191】

崔达平，男（1974—）黑龙江省齐齐哈尔市梅里斯区雅尔塞镇音钦村人。自幼勤学诗书画，作品曾多次获奖，受到各界人士好评、收藏。有诗作被《草根诗集》收录，2019年8月荣获草根诗歌文学奖。现是齐齐哈尔市美术家协会会员。

崔达平/诗二首

崔达平清明祭父诗

雨雪参半清明祭，感天动地诉离伤。

千滴万滴皆儿泪，天涯永隔最断肠。
父爱如山终不忘，何时再续今生缘。

凌云志

眼看朋友思绪飞，美味佳肴入睛围。
朋友定得凌云志，他日有成一起飞。

【192】

吕彬，男（1963—）河南省安阳市汤阴县瓦岗乡东柳圈村人。系汤阴县作协会员。曾在《诗刊》、《巴山文学》、《文学百花苑》、《金土地》、《长安文苑》、《中国新梦诗人》等刊物及网络平台发表诗歌与散文。

致一线的白衣天使们

文/吕彬

当瘟疫吞噬了除夕的黎明
当阳光在一座城堣里惊恐摇晃
一声召唤，戎马启程
一簇簇队伍背起夜色
把所有的欢乐背进行囊
让一抹洁白的颜色
筑起一道道防线
把被污染了的生命
在急促的阳光下翻晒
从绝望中剥离出一张张笑脸

让时间与生命赛跑

而你们把俊俏潇洒裹进防护衣里
人们只看到您洁白的外衣
只要你在就是一道亮丽的风景
只要你在他们就看到了希翼
那怕困得翻倒一地
胳肘碰胳肘成了最时髦的用语
成功、鼓励、默契、信任
都在此时无声的碰击里
尽管汗水浸湿了眼睛
也来不及挥洒
顾不上打理
尽管有时希望从困顿的地埔中站起
这无声的世界，默默的示意
胜过惊涛骇浪
让生命重启

这是一场没有硝烟的战争
如果不是你们
用血肉之躯筑起一道道长城
它的残酷程度
不亚于现在的叙利亚战场
你们才是新时代最可敬的人
我把所有祝福送给您
我爱您！抗战在一线的医生们
全国人民向您致敬
世界人民向您敬礼
2020年2月4日

【193】

张兵乡，男（1956—）笔名：乡哥，

河南新乡人。退伍军人，下过乡，打过仗。新乡市作家协会会员，梦之路联盟海南总社特邀作者，东方茉莉文化传媒特约作者，诗情雨墨网络文化传媒常驻作者。先后在《金融时报》、《解放军报》、《大河报》、《金色年华》、《新乡日报》、《梦之路联盟海南总社》、《原乡文学》、《东方茉莉文化传媒》、《诗情雨墨网络文化传媒》、《文心社》等报刊及文学平台发表诗歌散文三百余篇。

凝望（外一首）

文/张兵乡

每到中秋
我都会有一次凝望
那凝望
有时在水里
有时在天上
每到中秋
我会静静的遐想
那遐想
有时是泪水
有时是诗章
无论是耄耋老人
还是懵懂儿郎
不管是初识人事
还是饱经风霜
当中秋来临的时候
都会脱口说出这样的诗行
举头望明月
低头思故乡

这已经不是诗行
这是华夏的血脉在流淌
这里有故乡之情
这里有祖国之爱
它是先辈对儿孙的传承
特别是在这个中秋的夜晚
不管你是在外旅行
还是身在他乡

仰望明月
总有一个声音会洞穿时空
带着杜甫和李白的思念
反复叮咛
露从今夜白
月是故乡明
中秋是中国人血脉里的诗
它上下流动
已穿越了千年的历史
它是文化之根
滋养着华夏文明的果实
每一个传统节日的来临
都是要我们进行一次根的追想

是啊
你看那回家的人海
仿佛就是一行行流动的诗词
那份团圆的渴望
让明月照天际
桂花酒更香

举杯吧
有什么酒能比家乡的更烈更甜
团圆吧

有什么情能比亲人的深切缠绵
无边的秋思
洒满人间
我囿入相思
落入窠臼
愧未珍惜
怎得满堂

秋雨仍在不停地下着
我凝望
凝望着没有月亮的天空
盼望着
盼望着那熟悉的月光

抱着母亲回故乡

亲爱的妈妈，
回家了！回家了！
今天终于带着您和我父亲，
回到了您阔别六十多年的家乡。

您看，
那熟悉的丘陵 张开了热情的臂膀，
仿佛要将您紧紧的拥抱；
您看，
那山上的麦苗 花草在向您点头示意，
仿佛在欢迎您回归故里；
您看，
那袅袅炊烟 徐徐升起，
仿佛在告诉您又可以吃到家乡的饭菜
了；

您看，
那水库里的鱼儿在翻腾跳跃，

仿佛在为你扭起了家乡的秧歌；
你看，
村里的父老乡亲 听说您要回来，
把轿子早早打扮成红妆。

亲爱的妈妈！
恐怕你做梦都没想到
这辈子还能坐坐红轿子吧！
我知道，
你一生有三个愿望：
一个是坐飞机 已帮您实现，
一个是坐红轿子，
今天父老乡亲帮您实现了。
还有一个愿望就是回归故乡。

亲爱的妈妈，
我知道
尽管您远离家乡
但却怀有浓厚的故土情结，
对家乡的怀念与牵挂 成为一生的难
舍之情， 、

每当我们谈起家乡，都会从您的眼中
看到对故乡的深深眷恋之情
和落叶归根的盼想。

今天，
您的愿望终于实现了！
今后您将和您的父老乡亲一起，
享受着家乡的清新空气，
每天和他们拉拉家常，
闻闻那熟悉的麦香。

亲爱的妈妈！
今天，

当我抱着您 行走在故乡的山水间，
用脚步丈量着 故乡的土地，
深情 呼吸着 故土的芳香，
耳畔 回响着熟悉的乡音，
感受着浓浓的乡情，故乡的一草一木
都让我们倍感亲切与吉祥。
亲爱的妈妈，
叶落归根，入土为安，
安息吧！
在这熟悉的故土上，
您的魂灵终于得以安息与永恒！
再见了，亲爱的妈妈！
您辛劳了一辈子
该歇歇了！
您的恩德永远铭记在我们心里，
下辈子我们还做你的儿郎……

【194】

王运，男（1966—）笔名：飘云，江
苏无锡人。热爱诗歌，现是中国银行江苏
省分行作家协会会员。

坝上秋摄

文/王运

那满山遍野的白桦林
如七彩的云霞洒满阳光
暂别了夏日的青涩
千姿百态妖娆绽放
悠悠深山无人处
惊艳了光影惊艳了秋光

碧绿慢慢涂抹了金黄
金黄渐渐换上了红妆
茫茫的晨雾透露着羞涩
落日的余晖映照山林霞光
牛羊深沉地嘶鸣
小鸟婉转地歌唱

小河弯弯漫漫流淌
没有雄伟耀眼的布景
只有马蹄阵阵漫卷的牛羊
也没有昂扬激荡的音响
但有那层林尽染犹如舞台的山岗
自然而磅礴展露万千气象

漫天霞彩满目斑斓
相伴着草原的丰收时光
秋叶飘落满地黄
灿烂过后化作厚积的春泥
铺垫了秋风中的萧瑟
忘却了曾经的忧伤

犹记得瞬间的美丽和精彩
思绪回味悠长
那黄灿灿红彤彤的白桦林
此刻是否已漫天飞雪素裹银装
那成群的牛羊和劳作的牧民
是否在白桦林深处相约柔情地老去地
久天长

【195】

洪绍乾，男（1997—）笔名：笔若，

贵州毕节人。当代青年作家、诗人、音乐人、独立学者。中国好品牌影响力艺术青年形象大使、中国诗歌学会会员、贵州省诗歌学会会员，贵州诗人协会会员、贵州《作家访谈》主持人，贵州省诗歌学会网站编辑部副主任，2008年开始创作，先后出版书籍《脚趾上的下弦月》、《女人和果实》、《圆梦城》等多部作品。曾发行过音乐专辑《诗人与歌》，系中国青年作家纯文学代表人物、贵州省90后作家排行榜首榜人物、中国90后作家排行榜、中国90后十大作家排行榜人物之一，曾获得"中国90后金笔作家奖""人人文学奖"等。

木船从西方划到武汉

文/洪绍乾

河水漫上两岸，岸上全是诗人
苍白的木船从西方划到武汉
手捧亲生儿子坐在船上
我们早已沉入水底的白骨
被灾难中的渔夫重新捞起
几种鲜血已是水面上
唯一的剑刃般的光芒

木船从西方划到武汉
河水漫上两岸，岸上全是诗人
在每一个肮脏的码头
想起民国时期王的天堂
你不必恐惧水长路远
你要相信灯火一定会被点亮

当中国的屠夫学会砍柴时
你手捧亲生儿子坐在灯沿上

武汉！

你要变成一只鸟停留在石头上
众人就把屋顶打扫得干干净净

你要变成一双筷子搭在碗上
儿女就把时间记得清清楚楚

一旦这个节日开始热闹起来
这便是秋天脱下的盔甲
是幸福的我们，守着亲人
正在迎接幸福的到来

2020年1月31日凌晨四点 写于贵州毕节

【196】

胡金平，男（1963—）中共党员，云南省怒江州兰坪县营盘镇沧东村委会西营村人。系兰坪县营盘镇中心校教师，兰坪县老干部诗词书画家协会理事，兰坪县作家协会理事。1983年7月以优异成绩毕业于怒江州民族师范学校。现在营盘中心完小教书。曾获得国家教育部颁发的乡村教育教学30年荣誉证书。在各种党报党刊上发表了300多篇首有教育意义的诗词文章。有些诗词获得国家级奖。有许多诗词在兰坪县举办的各种展览中被展出，并获得一等奖、优秀奖。有的教学论文获得国家级奖。

胡金平/诗三首

众志成城战瘟疫

江城冠状太凶顽，烈性传播千古鲜。
瘟疫蔓延千例死，疫情肆虐万人传。
白衣天使救生命，院士南山斗疫烟。
众志成城驱疠鬼，人民力量大于天。

立春

春回大地百花香，红日东升照四方。
日暖冰融江水绿，桃红燕舞柳丝长。
听从命令居家院，讲究卫生缚疫王。
待到病毒云散日，再出野外赏春光。

冬天

时至深冬万木枯，山谷空旷北风呼。
近观园里灯光烁，遥望空中冷月孤。
青菜似茵遭霜露，琼枝如玉挂冰珠。
棉衣绒裤如铁冷，寒气袭人刺体肤。

【197】

徐健，男（1967—）笔名依然，江苏省新沂市新安街人。系徐州诗文学会会员，新沂市作家协会会员，有诗词散文见于网络纸媒、诗选集等。

徐健/诗二首

雨水时节

已闻燕子两三声，又见梅花蕊恰萌。
昨日枯黄临雨水，人间万象绿先争。

元宵节日

上元节至云天净，灯火阑珊履半城。
来去不知风满袖，小窗闲话是书生。

汪海彤，男（1966—）笔名炜云，河北人。热爱文学，诗歌散文发表在国内报刊及网络平台。

思绪

文/汪海彤

浩瀚星河
流动着神秘符文
宇宙如此般展现
为众生的博大

谁能摘星换斗
拨转命运的经轮
谁能踏破

暗物质的虚空
揭开时间灵魂的密码
谁能羽化而去
到达神圣殿堂

王青山，男（1965—）网名：执著，生于黑龙江省绥阳林业局。用心在写人生，酷爱诗歌，成长在白山黑水之中，集于瑚布图河、观音岭之灵气，笑谈日月。作品散见网络平台。

沉寂的瑚布图河（外一首）

文/王青山

弯延的瑚布图河
流淌着沧桑的岁月
也流淌着荣辱 坚辛
和寂静
1860————一个永久的殇
殒落在瑚布图河
成为追梦者心中永远的悲哀
观音堂里徜徉着
执着的灵魂
把燃烧的血液
洒遍巍峨的群山
于是
瑚布图河载着梦想和追求
牵着朝阳
挽着薄暮
流淌出一首无悔的赞歌

烛光里的梦

黑暗中
你的思想
盏亮了光芒
把无助的黑夜
植入无限的希望
每一滴，剔透晶莹的泪
都温涵着
你心里的，一腔热血
照亮每个角落
烧灼的火焰
疼剐着弱小的灵魂
为梦挚爱
把青春和生命燃尽
为梦守候
明天的朝阳

一览风中东昌湖

近浪击来砾不声，水鸭上坐见湖中。
渔家无有看天上，却在芦边待后行。

百草时节去江城

舍得三月不扬州，且到鸣蜩上鹤楼。
千代骚人情以动，万朝文客用诗悠。

【201】

茹进存，男（1964—）笔名：乾坤一尘，山西临猗人。字：逸太，晋南布衣、砚田耕人。好诗词喜丹青，尤痴书法。现任中国书画艺术研究院院士，北京鸿鹄书画院副院长，深圳鸿鹄书画院院长。系中国收藏家协会会员、天津书协会员、中国硬笔书法协会会员、中华诗词学会会员，中国隶草书法创始人。著有《古今名诗佳联妙句》、《中国书法美学浅论》，作品曾被多家大型企业集团单位及海内外人士所收藏。

【200】

高建民，男（1959—）山东聊城市东昌府区人。笔名:昌水，自号：府上人，网名：晴水·情。喜书爱艺，擅诗撰词作，长书法墨耕，专纸品收藏。游居沪鲁两地，陶醉于文化之中。

高建民/诗三首

早春

鹊叫舞萌千柳绿，河开阳下万堤新。
已来垂者试鱼线，春到催我早起身。

茹进存/诗四首

村野游吟

早春犹寒披霞游，远山近林放眼收。
几人整枝随心剪，谁家浇麦任水流。

宿鸟枝闹原无意，暮阳楼隐欲何求。
赏罢巷舞沏龙井，掌灯榻前读春秋。

自嘲

行世颠狂性独标，非痴非傻亦非妖。
立案纵笔轻张芝，登峰赋诗笑曹操。
好酒无量常蹒跚，放喉有腔多嗷啕。
庸生虽未鸿鹄志，老来俗骨亦风骚。

岁首抒怀

往事绝尘清作零，蓄势始发起羊城。
展爪敢击云路雨，振翅何怕天柱峰。
虽涉江湖崇宏义，不媚官场博浪名。
凭得秃笔行天下，再壮诗囊唱大风。

岁末回望

策马九州又一年，情纵意恣豪气延。
墨飞晋韵长城外，诗裹唐风大江南。
时访高贤话今古，常约新朋聚砚田。
未及花甲岁当好，正举风鹏翥昊天。

区口腔病医院办公室主任，二004年在哈密报社实习记者，二00七年原单位边贸公司破产下岗做服装生意至今。从1994年至2007年间在哈密广播电视台，哈密垦区开发报，哈密军分区，哈密报，人民军队报等发表散文、散文诗、诗歌多篇，曾被评为优秀通讯员。

任泳儒/诗二首

望月怀远

千云散尽月清淡，万门如昼静空澜。
孤月轮回天地间，江天一色照无眠。
岁月流水苍茫远，恍如一梦行客堪。
蓦然百度灯火阑，何时团圆共宵元。

眺望冬去春来

楼高望远一色天，雪晴光寒浮云淡。
山巅积雪凌云端，雪莲高寒傲骨欢。
落暮霞蔚映烛炫，遥知苍穹寰宇安。
明月清孤疏狂漫，燕莺春晖姹紫嫣。

【202】

【203】

任忠富，男（1967—）笔名：任泳儒，巴里坤人。就读于奎苏小学至奎苏中学。一九八四年十月参军在哈密军分区司令部专业军士，一九九八年转哈密地区边境贸易进出口公司职工，二002年在地

朱海军，男（1967—）湖南省常德市汉寿县人。中文本科毕业，从事教育事业三十多年。热爱古典诗词鉴赏与写作，近年来创作诗词五百多首，广泛发表在各大网络媒体平台。曾参加北大荒主办的全国

性诗词大赛，获得第四名的好成绩。现是汉寿县诗词会员，常德市诗词会员，岳麓诗词会员。

朱海军/诗词二首

忆秦娥
——国庆七十周年

霜风烈。
长城内外寒刀血。
寒刀血。
山河我卫，
洒泪挥别。

欣逢盛世中华节。
凌云壮志雄心决。
雄心决。
泱泱华夏，
尽皆人杰。

卜算子
——敬步毛泽东《咏梅》原韵

恋雪气铮铮，
自有清香到。
不怕严寒数九归，
晨月红梅俏。

俏也不声扬，
雁去无人晓。
待到春回大地时，

把盏盈盈笑。

【204】

周传利，男（1968—）陕西石泉人。中国诗人阵线副主席，中华诗文名家，当代诗人、作家。作品散见国内外数百家媒体报刊。

金蚕之歌（外一首）

文/周传利

是谁从池河挖出一枚金蚕
花儿笑 桑枝摇 石泉美画卷
天下惊艳 拨动世人心弦
新天地 新亮点 蚕桑文化积淀

是谁向世界宣告 金蚕出土石泉
水碧碧 天蓝蓝 朝霞映山川
大地重生 凤凰涅槃
华夏儿女同携手 石泉谱诗篇

啊 石泉 金蚕之乡丝路之源
花香惹人醉 沧海变桑田
春风送暖百花绽
丝绸之路 引凤鸾

啊 石泉 金蚕之乡丝路之源
时代的典范 壮丽的诗篇
旅游兴业顺民意
金蚕小镇 迎明天

秋意浓浓

窗外的梧桐树
不知什么时候少了几只风铃
可能 不为我看见的
一些已经零落

和我们一样
一些人在慢慢变老
一些人已经永远离开

郁闷之时 总想把自己挂树枝
让一阵秋风带离人世

如果有人还记得我
离别的颜色 那就是我留给她最后的
念想

【205】

宋文山,男(1972—)笔名:醉梦
天涯,山东省东明县人。热爱诗歌文学,
现旅居北京。

宋文山/无题诗二首

一、

夜深异乡独徘徊,唯悔当初离故园。
谁解平生凌云志,举杯消愁笑望天。

二、

长夜漫漫无心眠,光阴荏苒奈何天。
对月举杯邀同醉,朦胧月影照吾还。

【206】

黄海燕,男(1980—)河南洛阳市
人,现居昆明。笔名:山山黄叶飞,自幼
喜好书法、诗词和古典文学。毕业于河南
工业大学市场营销专业、郑州大学工商行
政管理专业。原央企职工,后下海经商,
创办北京亿通百利金属材料有限公司,并
联合创办河北齐珑餐饮管理公司。现为洛
阳市企业家读书会会员,洛书汇股东会成
员。有诗作被《草根诗集》收录,2019年
8月荣获草根文学诗歌奖。

黄海燕/诗三首

潇湘神·观湖

碧夋空,碧夋空,半点彩云慰西风。
一片红鸥娴绿水,七彩回岸起峥嵘。

洱海风云

昨夜又风雨,今朝临镜空。
极目观云海,依栏闻晨钟。
阴晴多变幻,舒骤随轻风。
试问天上人,聚散何匆匆?

滇池晓曦

晓曦出长空，云涛万千重。
陌槎游碧海，清流解世风。

【207】

张红春，男（1977—）汉族，笔名：
醉花雨诗，山东省聊城市茌平县贾寨镇前
付村人。贾寨派出所协警。爱好诗歌，散
文创作，作品散见于各大网络平台。有诗
歌被《草根诗集》收录，2019年荣获草根
诗歌文学奖。

防控疫情刻不容缓，
始终奔赴在基层的第一线
——致基层派出所全体工作人员

文/张红春

防控疫情刻不容缓
这是一场无销烟的歼灭战
基层民警无悔的担当与誓言
奔赴在基层最前沿
检查各村控制疫情的管辖路口
是否登记落本
有没有可疑车辆与陌生人员
询问要特别仔细
各村执勤人员宣传怎样防止疫情感染
知识
让各村管理人员做好防护措施

戴好口罩勤洗手
不聚集人员
始终保持安全意识
为有效控制各村疫情贡献自己的力量

防止疫情刻不容缓
做好控制疫情病魔的人民宣传员
加强巡逻力度
对各村执勤人员进行盘查
是否认真负责
担当起人民群众满意的执勤员
疫情期间不讲情面
发挥铁面无私的精神
只有坚持自己的信念
才能保证全村安全
对于武汉回来的人员在无异常情况下
让其在家自行隔离
若身体有发热等异常状况
请与村干部和管控民警取得联系
做到无疫情发生而确保万无一失

防止疫情刻不容缓
疫情如狂魔一般传染人间
让我们筑起控制疫情的铜墙铁壁
不让一名群众感染
视人民为自己的亲人
发挥警民一家的辉煌使命
牢记党的宗旨
全心全意为人民
是防止疫情的当务之急
将甘当孺子牛的风格
在人民心中流传
感恩基层民警辅警
他们用金色盾牌铸就了希望的丰碑

不畏一切艰难险阻

战胜疫情是中华儿女的夙愿

防止疫情刻不容缓

是每位民警牵挂的执念

控制严格把关各村管控的严峻形势

时时提高警惕

不忘民众疾苦

做好人民的守护神

在疫情面前

走访串户的摸排调查

树立正确的人生价值观

深刻体会基层村干部的不易

将人民的生命放到首位

大力做好疫情管控强有力的措施

实行责任到人

给党和人民交出一份满意的答卷

冲锋陷阵我们历经狂澜

战胜疫情病魔势如破竹

打胜一场无销烟的疫情战争而雷霆行动

高原/诗三首

咏雪花

楼前雨雪自天涯，借得东风满树花。
未若红梅千户赏，却来新鹊恋芳华。

盼春临

葳蕤芳菲意，流水绕层林。
难觅一知己，伯牙绝鼓琴。
深居陋巷里，何处盼春寻？
桃李花开日，春风化我心。

冬日读《暗香》有感

烟雨红楼雾隐姿，冬风瑟瑟读书时。
浮香暗动清寒日，帘内书生勿忘思。

【209】

张彦举，男（1956—）笔名：闲人，黑龙江塔河县人。大专毕业从事工程监理工作，写诗纯属个人业余爱好，作品散见于中国诗画天地，黑龙江诗歌论坛，黑龙江青年杂志等，出版诗歌散文千余首，作品多含苦涩味道！现是华夏思归客诗词学会特约作家。

【208】

高原，男（1999—）笔名篱落潇潇一疏影，贵州威宁人。现就读于贵州师范大学文学院，中国诗歌网注册会员，中诗报唐宋格律诗社编辑部成员，作品散见《贵州师范大学报》、贵州天眼新闻、贵州诗词网、《金土地》等及网络平台。

天使的泪（外一首）

文/张彦举

面对患者那求助的目光
面对患者那恐惧的眼神
面对患者那生的渴望
一颗滚烫的泪
从他眼睛里流出
默默无言
默默无声
但从他的眼神里透出了坚定
透出了太多太多的爱

每天早晨八点
我准时看电视
心都是紧绷着
全家人都默默的盯着电视屏
生怕漏掉每一句关键的话
生怕错过每一幅关键情景
屏幕上一组组数字让人揪心
屏幕上一次次应对疫情的科研成果
让人振奋

白衣天使忙碌的身影
白衣天使在防护服里面的模糊面容
还有他们摘下口罩
留在脸上的深深的勒痕
还有脱掉防护手套后
被汗水泡坏了的双手
联想到他们为了省时间
不上厕所穿在里面的尿不湿
这些动人的画面
让你瞬间泪奔

这一切都是绚丽动人的彩虹

当前的疫情还很严峻
从电视采访者
和被采访者的眼神中就能看到
那画外音
告诉你
战斗还在继续

白衣天使那颗滚烫的泪
即充满着坚定
又充满着同情
即充满着悲伤
又充满着责任
即充满着无奈
又充满着信心
即充满着担当
又充满着战胜疫情的决心

白衣天使的泪
将化作春雨将这毒疫荡涤
白衣天使的泪
将化作春风吹散乌云浊气

春天来了
白衣天使的泪化作无限爱的缠绵
大地披上了绿装
还有百鸟迎春的歌唱

春潮涌动

野地里的蒲公英花开了
一朵两朵

一片片的开放了
如火
燃烧在眼睛的世界里
如火焰在山坡上点燃

桃树的花苞
都爬上了枝头
一串串
泛着温暖的红
花蕾牵着绿叶的手
呼唤着春风春雨
和春阳

河岸阴凉处
最后一片冰雪
笑着笑着
笑出了泪滴
落入小河欢快地流向远方
和小伙伴们一块奔跑

小鱼儿
在冰下边
被隔离了一冬天
此时也探头浮出了水面
摇头摆尾
时而跳跃
把平静的河面
弄出了好多好多的涟漪
一圈圈一层层的
扩散开去
刚刚长出水面的水草
被涟漪推得直晃动

从村庄传来
鸡鸭鹅狗的阵阵叫声
准备春耕的拖拉机正在试机
发出突突突的轰鸣

土地被融化的雪湿润
蚯蚓在土里勤奋的工作着
鸟儿们到处叼拾羽毛和树的枝条
准备垒窝筑巢

漫坡的枯草
在它们的心里发出了新绿
一只蝴蝶的茧
挂在树上荡着秋千
你用心
去仔细的倾听
从茧子里传出来
它刚要睡醒的哼唧声
那么悦耳
那么动听

一只大公鸡追逐着母鸡
咯咯咯的奔跑

这一切都宣示着
春天来了
肺疫消声灭迹
春天来了

只有这汹涌的春潮

【210】

陈明瑞,男（1978—）网名：天道酬勤、玉融居士,汉族,福清市人。学历本科,现任福清市江阴大厝小学校长。酷爱诗词,系诗词吾爱会员、墨香阁诗词学会会员、诗摘词选会员、中国诗词网会员、赣鄱文学社员、流年诗韵会员、诗海选粹会员、中华书香诗词会员。

陈明瑞/诗三首

战疫魔

肺炎病毒恶魔狂,肆虐中华百姓殃。
八面驰援同抵御,全民齐力必消亡。

全民抗疫

未测新冠袭鼠年,祸殃武汉浊流颠。
迅雷之速呈狂势,众志成城隔蔓延。
护国佑民齐力控,寻根思策费心研。
妖魔诛灭安居乐,灿烂春光绣岳川。

梅花

农舍梅花满圃香,寒中绽放任严霜。
一身傲骨出尘世,不屑春光斗艳芳。

【211】

辛元杰,男（1960—）汉族,青海省乐都区人。大学本科,中学高级教师。现为青海省书协会员,海东市书协副秘书长,乐都区书协副主席兼秘书长。2016年、2017年连续两年参加中书协培训中心导师班培训。作品曾多次在省、市、区举办的书法展中入展,2017年获省楹联书展提名奖。书法作品收入2017年《乐都年鉴》。

辛元杰/诗词二首

沁园春·忆三中

河湟南岸,瞿昙寺旁,罗汉怀中。
瞩百年学府,心潮汹涌。
民国创建,尚学崇文;
共和兴盛,尊师爱生,改革开放展新容。

逢盛世,址迁七里店,又沐春风。

光阴不居如流。
忆往昔峥嵘岁月稠。
时七五求学,二年完成;
留校从教,力争上游。
师携友扶,情如足手,寓教于乐度春秋。

岁七八,逢神州高考,离校进修。

水调歌头·二进三中

才离高等府，又回三中去。
苦度寒窗四载，遨游数理海。
莫道岁月风华，更有师友情怀，而今
依犹在。
时光如流水，一去难复来。

背行囊，踏征程，激情湃。
任教再到故地，母校笑颜开。
更有恩师良友，百花杨柳青松，展臂
迎我来。
十载勤耕耘，学子慰心怀。

【212】

苏世佐，男（1965—）笔名：巴蜀
佐人，重庆璧山人。系苏东坡第33世孙，
作家、诗人、企业家。四川省作家协会、
中国音乐文学学会、中国散文学会会员，
四川省原创音乐家协会副主席、四川省杂
文学会副会长、主编《现代军人实用英
语》列入原成都军区英语教材；著有诗集
《宽宽的河流》、《生命的风景》；诗代
表作《中国的名片》《解放军文艺》1994
年12期刊用，诗作品《苏门》在《四川文
学》2019年九期刊用，散文代表作《我
的小木屋》和《远去的父亲》，散文《兵
的四季》入选全军士兵政治教材《永恒的
忠诚》丛书，《写作》杂志配评论发表，
歌曲代表作《军人的胸膛》、《爱满合江
亭》、《草堂秋梦圆》荣登华语乐坛排行
榜，歌曲《富乐山下一座城》，《绵阳

姑娘》《涪江两岸我家乡》《背水姑娘》
《踏马锦城西》《相约璧山》广为传唱。
39歌曲全国KTV上线。军旅生涯二十四
载，从商十年。痴情文学，曾在解放军艺
术学院、昆明陆军学院、南京政治学院深
造。曾荣获第三届孔子文学奖、四川散文
奖、成都军区文艺奖。

除夕夜，军徽闪耀
——致敬奔赴武汉疫区的军医

文/苏世佐

那一刻
武汉传来的一声声咳嗽
牵动着除夕之夜的中国
夜幕下
集结号吹响
将军和士兵整装待发
那一刻
江城璀璨的夜晚
军徽闪闪
没有硝烟的战场
军旗上镌刻着誓言

那一刻
生命之桥在长江之滨架起
军歌嘹亮众志成城的信念
激情被真情点燃
誓除病魔转危化险
我们是军医更是军人
决战岂止在疆场
人民的需要就是我们的战位

防疫服就是我们时髦的装扮

那一刻
军人崇高而无悔的选择
请战书鲜红的手印
是灵魂深处盛开的花朵
绽放出使命责任和忠诚
那一刻
团年饭热了又凉
凉了又热
父母亲人望眼欲穿
等待着一家团团圆圆
亲人啊
请别再等待
我们已降落在长江两岸
把红十字当成中国结
高高挂在江城祈福平安
也许我们一去不返
请不要悲伤流泪
屋檐下春归的雏燕
围绕着美丽的乡愁
谱写最美最美的诗篇

【213】

王鑫伟，男（2000—）笔名完颜伟，辽宁锦州人。中国诗歌网认证蓝V诗人，作品散见网络平台。

白色的海

文/王鑫伟

静静的海港
依稀可辨
悠长的轮笛
像是深处的呜咽
鸥歌的重叠
零零散散的木制渔房
点缀沙滩的金黄
没有游客的簇拥
宁致地单纯自然
反射的日光
使海水亲和地
上升到体感温度
晶光闪闪
沐浴在光的海洋
迷幻了视力
欣然观赏虚假的景象
继续循游
寻找
能够收留我的
梦乡

2019.10.13

【214】

王中波，男（1955—）山东省博兴县人。中共党员，大学本科学历。自1968年起，拜多位老师学习诗词，已在国家、省、市、县刊发作品3600多首。

王中波/诗四首

送瘟神

指点江山全靠党，近平主席百家巡。
身披金甲战鱼鳖，手握天戈送鬼神。
云雁多情高处笑，沙鸥不语醉时尘。
纸船火炽瘟魔走，举国欢谈喜景新。

村郊晚游

村郊晚景映湖美，暮院幽庭染垄烟。
野叟寻归桃竹里，渔翁坐钓岸丛边。
微风果落清波水，淡月丝悬瑞气天。
步道欣看痴画意，才君悟感涌诗泉。

纪念周总理

鞠报尽心皆为美，山河恸哭泣灵神。
人民总理人民爱，功德千秋念老臣。

夜雪

窗前野雾起三更，夜色朦胧灯火明。
天洒梨花风作鼓，塘边枯柳雀无声。

何斌，男（1944—）字：永年，号富
春渔逸，浙江富阳人。系中央国家机
术家协会会员、中央党校出版社《红旗飘

飘丰碑颂优秀书画作品系列集》编委、中
国教育电视台水墨丹青书画院上海东方明
珠分院执行院长、浙江省作家协会著名山
水诗人、山水画家、书画评论家。其代表
作长诗集《吟在崇岭深处》在2009年公开
出版发行后，影响强烈，中国作家协会书
记处书记李敬泽同志为这个长诗集在浙江
省人民大会堂召开的研讨会发来贺电，认
为这是"浙江作家走基层，转文风、改作
风方面取得的又一成绩"。

何斌/遥寄武汉疫情二首

一、

登高遥想黄鹤楼，崔灏何曾不风流？
盛世再引谪仙句，汉水恬索溯江舟。
眼前瘟帅横三镇，遂令愁眉缄双口。
长坡倚柳踯躅者，愿祈大士渡劫洲！

二、

珞珈山下起愁云，少了云云读书声。
千户蓼兰白事发，万巷冷茵鬼狰狞。
如此新春谁曾见？原来黑手是冠菌。
一声豪令即封城，万众一心剿瘟神！

崔庆超，男（1983—）汉族，籍贯任
丘辛中驿镇。曾出版有《沧海撷珠》——

闲谈与沧州相关的成语故事，策划出版了《沧州成语》特种邮票，《镖不喊沧》微电影出品人兼主演，《实事求是》、《凿壁偷光》、《少儿版镖不喊沧》三部儿童微电影总策划。

写给沧州市中心医院的妻子

文/崔庆超

相识十二载，育儿已九周。
这时才觉得你最美丽，
以往都是我在一线，
今天才觉得有些无力，正月初二
全市医疗督查组成员十二个人，
赴南皮，孟村一线督查防疫工作，
作为十二生肖的你，
在儿子眼里是最能干的妈妈，
在我眼里永远是当年那个小女孩，
正月十五，市检结束。
又马不停蹄接省征调，
赶赴衡水一线配合国家检查。
你出征的背影，让我明白这是一场战争。
是沉重的，但我们并没有一丝退缩。
这场战争一开始，我们就明白。
做好能准备的，场上论输赢。
今天，已经是第十八天！
衡水作为全省首批，
确诊、疑似双清零城市之一，
你们努力的尽到了自己的责任。
我坚信，我们一定能赢，因为这是一场人民参与的，没有硝烟的战争。

中华史上没有一场人民参与的战争是失败的。

我坚信伟大的中国共产党领导下的中华民族，必将迎来胜利。

我也日日夜夜为所有坚守和奋斗在一线的战士们祈祷平安。

【218】

曾现宇，男（1964—）笔名剑舞秋风，河南省泌阳县人。热爱诗歌文学，作品散见于网络平台。2019年诗作被《草根诗集》收录，荣获优秀诗歌奖。

曾现宇/诗二首

大雪

难阻寒流越秦岭，老雀高枝吟仲冬。
应是红梅轻点雪，耐何庭菊瘦西风。

垂钓

茫茫野渡隐轻舟，浪拍顽石唤钩叟。
历尽春夏秋冬日，垂杆红尘辨美丑。

【218】

王柏云，女（1963—）笔名：安静，籍贯河北承德，现居河北邯郸。国企职员，现已退职。喜欢诗词歌赋，作品散见于网络平台。

王柏云/诗词二首

鹧鸪天·念母

陡峭春寒漫小楼，灯影幢幢晕眼眸。
掌中厚卷留醉意，寒泉之思锁眉头。
情幽幽，意悠悠，一情一意皆难留。
念之吾母爱何去，含泪浅唱弹箜篌。

蝶恋花·同战

瘟神盗贼窃国安，华夏难宁，百姓纷
惶然。
谁让此孽乱太平，贪食野味无德人。
八方白衣进武汉，钟老出战，横扫妖
魔欢。
待我中华蓝天绽，举国欢庆同把盏。

【219】

雨夫，男（1969—）本名：马建忠，汉族，山西省晋中市祁县人。1987年职业高级中学校毕业。有《浮躁的青春》等11首现代诗歌入编1993年诗集《永远的星空》(北岳出版社)。《秦淮河——，我是你浊河里的婉鱼》等8首作品，曾获晋中市《乡土文学》重点推出，《冰冷的诗歌》等2首入选《(2010)中国网络诗歌精选》。另有《一些紫色的蝴蝶》、《后来的青春》、《粉红的骆驼》、《今世的晚生》等现代诗歌散见于《晋中日报》、《天涯诗刊》、《诗选刊》、《丹枫阁》杂志等。

秦淮河
——我是你浊河里的婉鱼

文/雨夫

几次不能提笔
提起的都是一把稚嫩的心锁
打开来
便如南京接连几天的阴涩
泪眼滂沱
至亲的喜乐，悄悄写进你
遗留千年的雨花石
撩一把清凉的秦淮湖水
好想撩拨出你古老的欢曲
掬一把我内心里的感泪
好想让你将现代里寂寞嗔嗔的我
痴情的心跳洗濯
走近呵，走近——
走近了，亲见你美丽温柔的怀匶
在湮浊的河底清澈
我感知你冰凉的内心
不愿在岸上俗化的闹市中淹没
你的精神一再被兜售打折
恨不是千年的文人，憾不是万年的娇
客

卸下妆，我该是你浊河里的婉鱼
在岁月磅礴的流逝里

甚幸仍能清洁澈丽地为你
莹跃短暂地欢歌

【220】

王质文，男（1971—）笔名：阿文，湖北黄冈市人。闲时喜欢诗词，职业建筑工程师。作品散见于网络平台。2019年诗歌被《草根诗集》收录，荣获草根文学诗歌奖。

狮山梦醒

文/王质文

丁酉年，狮子山醒。

入夜琴声悠，池蛙遍地鸣。神州龙腾跃，虎啸震山林。朝来祥云至，暮色玉兔升。仙乐齐鸣奏，财神临凡尘。

斋公如是言：苦乐人间行，几度冬与春。未经劫和难，岂能修成仙。谨言诸君子，修行且加持，诚信俭养德，奉善而立身。

连绵群山数百里，风水宝地接丛林。
上有青冥之长天，下有绿水之波澜。

斋塔道天经，佛堂气氛森，宝相多庄严，亦生欢喜心，左青龙，右白虎，前庭水，后卧山，风光无限好，旭日又东升。有道：

狮子青山碧连天，祥云悠悠满晴川。
瑞光岚气接长虹，疑是众佛降凡间。
德惠堂前多信士，坤元美德种心田。
福报荫庇延儿孙，神州盛世万万年。

【221】

姜德长，男（1968—）山东省滕州市鲍沟镇孙岗村人。系古薛文化研究会副秘书长，木匠中的文人，文人中的木匠。自幼对民间说唱与叙史诗歌产生兴趣，编写有《说唱中华五千年》、《说唱滕州美丽乡村》等作品，专注于挖掘渐行渐远的乡土文化。

姜德长/诗二首

月光追忆

人到中年知秋凉，青春何人不倜傥？
千古多少风流事，明月年年默默藏。
心仪阔别梦几回，姣容依旧黄衫装。
知你爱菊我养菊，黄花岁岁添秋香。

秋晨

朝阳冉冉彩云烧，露珠晶莹滚叶草。
秋虫凄凄恨天短，雏鸡挺胸学报晓。
菊花香透篱笆墙，村前车稀无喧嚣。
笼中鹦鹉笑家雀，枝上喳喳也算鸟？

【222】

陈和清，男（1982—）笔名绿叶清晨，广东雷州人。闲爱写诗、哼歌，抒发内心的孤独。作品发表于网络平台。

东坡荔园

文/陈和清

东坡荔园
三四月鲜花满园
白的紫的争奇斗艳
清香惹人爱

东坡荔园
六七月荔枝挂果
绿红相映蜂蝶浪游
甘甜醉红颜

秋冬之季
荔枝的叶子盛装依然
静默默的绿
从来不减美的奉献
即使枯叶坠落尘土
也是无声化成肥料
助根活跃坚挺

春来了
东坡荔园
轻风摇曳的舞姿
唱响大地萌牙的新装

东坡荔园

醉美的岭南果园
沐浴旭日夕阳
美誉尽在无言

【223】

杨云，男（1975—）四川开江甘棠人。进修北京鲁迅文学院。现为自由作家，中国散文学会会员。诗文发表在《鸭绿江》、《散文选刊》、《今古传奇》、《当代文学》、《阅读》、《诗导刊》、《微篇小说》、《中国诗选刊》等刊物。部分作品获国家级、省级文学奖多次及被选入权威选本、教材并译介海外。

一张封面，一份担心

文/杨云

风吹破神州的叶子
一份流窜的气温下降
身体不舒服，不能算自己的事儿
当猪年肉贵的日子，担心大江大河的心事
一切揪心的痛，仅仅是初心
年尾奔腾向前驱动
病毒在火炉蔓延滚滚滚
惊涛波澜起伏跌宕的时光穿越
火车停了，汽车张望，飞机观望，人流疏通，活动减少，一切都停下
祖国母亲河，千千万万的健康担保
这个中华大家庭，子鼠将出现
一个口罩，就是封面的生命线的呵护

龙腾虎跃起的春天，在忙啥呢

远远的是最好的温情脉脉不得语

最是一阵风也是一个情在

三十的夜里，医护士在岗位守护

这个角色的孩子站在城市的医院

坚持不懈的硬汉子在无形无色的进行

春晚在直播，喜欢你，喜欢他，喜欢她

眼神在滚动，请问这边风雨兼程的背影在流浪

无数的战士，一个又一个在不停夜色中继续坚强的守望

庞湖/诗二首

赞援鄂医疗队

抗冠战疫鄂汉来，灵丹妙药免劫灾。
党策民心强镇静，天佑中华莫呻哀。

战疫魔有感

关门谢客似无聊，神州鄂汉尽舜尧。
全民奋战驱冠毒，妖魔鬼怪一火烧。

【224】

庞湖，男（1963—）汉族，曾用名：海庆，笔名：村夫，广西容县黎村同心村人。中共党员，本科，执业医师、高级营养师，习歧黄之术，中、西医师。曾在广西民族医药研究所、北京中医药大学、中国中医研究院等院校学习或进修。系中国临床医药荟萃丛书编辑委员会编委、中国中医药学会会员、中国民族医药学会会员、广西诗词学会会员、鲁迅文学协会会员、海南省民族摄影协会会员、乐东作家协会理事副秘书长、海南省孔子学会理事。数次出席国际性或全国性或省级学术交流会、论坛会，发表论文近20篇。

【225】

叶会巨，男（1955—）网名：开心无忌，浙江温州人，现居杭州。退休，四海为家，热衷诗与远方。在出版的诗集或网络诗词平台刊发诗词数百首，并在全国性大赛中多次获奖。现为大中华诗词协会会员，《吴越诗林》常务管理，《定远文学》、《世界诗歌作家文集》《文学与艺术》签约作者。

叶会巨/诗三首

老梅桩

棲身墙角哪堪哀，荣宠无心客自来。
老骨苍颜犹峭劲，枝头几朵抱香开。

春江

寒川迥岸孤亭外，陌上红梅几树芳。
料得村前杨柳绿，一江春水胜钱塘。

残梅

何处传琴瑟，幽幽动客情。
悲风频入户，尽是落花声。

【226】

雷蕾，男（1969—）湖南祁东人。军旅出身，实力诗词家。中国音乐文学学会会员,在全国各大诗刊发表作品数百篇,创作诗词近千首。有作品入选《中国实力诗人诗选》、《中国十佳诗歌精选》、《中国亲情诗典》、《中国当代真情诗典》、《中国诗人年度诗歌选集(2018)》等。先后荣获中外华语十大桂冠诗人、中华诗词桂冠诗人、首届全国东岳文学奖、中外华语百杰诗人、孔子文学奖、中国新诗百年十佳先锋诗人、首届全国黄河文学奖、新时代文学艺术奖、21世纪诗歌骑士等奖项和荣誉称号，系《世界诗人》签约作家，《中华文化传媒》签约诗人，《诗词文艺》签约诗人，已出版诗集《紫气东来》。

三月来了

文/雷蕾

寒意残留
春意未暖
掐指一算
三月又来

想入桃林环抱
新型疫情正浓
想去田间踏青
无奈乡村路封

三月来了
宅在家中
今年之计
恐怕放空

抗击疫情蔓延
有我众志成城
抓紧恢复生产
工厂有序复工

我是中国龙
不怕困难重
民族要复兴
乘风破浪行

【227】

刘如春，男（1956—）江西定南人，现居广州。跨界作家、记者。系中华散文网创委会副主席、中国散文学会会员、中国诗歌学会会员、中国科普作家协会会员、中国性学会会员、中国自然资源作家协会原理事、中国自然资源报原副站长、中国地质学会科普委副秘书长、广东省侨界作家联合会理事、广东省作家协会会员、广东省资深科普作家和科普创作"有突出贡献"者、广东省地质局原调研员、广东省地质学会科普委主任。发表各类作品近千万字，出版散文、诗歌和科普、新闻、养生等图书18部。作品数十次获奖，其中诗歌散文三次获中国作家协会参与主办的"中华宝石文学奖"优秀作品奖，散文多次获中国散文网等单位举办的全国性大赛金奖。现为广东省首批科普讲师团专家(入选"2017年广东省十大科学传播达人"提名)。

记忆里的父亲母亲（二首）

文/刘如春

照片里，我依然活着的父亲

岁月静好 为我留下
光与线完美组合的一张照片
定格鲜活记忆 刻骨铭心
照片里隐约听见父亲
又在呼叫 我已生疏的小名
他喜欢冲我傻乐
裸露 阳光下温暖慈祥
那萌萌来路遗失的英俊年轻
父亲年轮 一直平凡旋转

芳华七旬大写无悔的堂堂正正
一辈子 勤劳睿智有骨气
筑起父亲高大伟岸丰碑
炫亮我 一盏独享的路灯
哦，依然活着的父亲
照片里 微笑瞄准我袅袅时光
伴我一路同行

生母，我有所念的人

年轮只吝啬旋转五圈
你 便悄悄头也不回驾鹤西去
面容至今模糊我
难舍难分 慢长记忆
遗失在一个黄土隆起的凄凉日子
尹始 萌萌母爱
久远时光隧道里嘎然刹车
苦涩我 乳汁般
甜蜜芬芳浪漫袅袅孩提
哦，亲爱的生身母亲 我
知道你和天下母亲
似水柔情 别无疑异
全都象观音娘娘善良美丽
你绚烂倩影 早深入我滚烫血脉
相拥岁月长高长大的方华
昼夜 潺潺奔流
酷炫我明镜般棒棒哒清晰

【228】

刘元凯，男（1949—）共和国同龄人，司马迁故乡韩城人。研究生学历。

系陕西作家协会会员，陕西摄影家协会会员、西安文史馆研究员、中华诗词学会会员。2010年出版有个人著作《诗影春秋》。2019年5月，在西安成功举行《庆祝中华人民共和国刘元凯诗歌作品朗诵会》。

文武同祭 兴振国邦
——2017年重阳节黄陵祭祖文

作者：刘元凯

岁在丁酉，时值重阳。
桥山巍巍，沮水泱泱。
松柏苍翠，枫红菊黄。
果粟丰硕，金秋辉光。
英才再聚，旗旌浩荡。
前赴后继，贤达伍壮。
拜谒黄陵，至诚衷肠。
文武同祭，兴振国邦。
常念龙祖，伟业宏彰。
斯民乐业，拓展八荒。
开肇文明，仁德无量。
春秋叠代，福荫垂广。
今逢盛世，复兴在望。
日新月异，凤舞龙翔。
环宇兴衰，风云激荡。
和平崛起，岂能彷徨。
华夏文脉，源远流长。
推陈化新，光大弘扬。
兴文尚武，仁启德张。
文以载道，武以安良。
横槊赋诗，智勇携双。

百家争鸣，千卉竞芳。
四个全面，不息自强。
励精图治，达变知常。
核心价值，铭镌目纲。
创新协调，绿色开放。
五位一体，进步共享。
白莲紫荆，陆台统商。
同心同德，同行同向。
赤县世胄，步履铿锵。
一带一路，紫气领航。
高瞻远瞩，穿云破障。
胸怀天下，毓秀栋梁。
摘星揽月，勒铭疆场。
赴汤蹈火，英雄烈刚。
不忘初心，奋进小康。
中华巨舰，乘风破浪。
一往无前，孰能阻挡。
金瓯璀灿，层楼更上。
天晶日朗，福禄穆祥。
伏惟尚飨，圆梦九壤。
皇天后土，万代无疆。

2017年10月28日

【229】

梁永坚，男（1960—）淮北市人。研究生学历，会计师职称，曾任国企高管，现任私企高管。系中华诗词学会、中国楹联学会会员，安徽诗词协会会员，安徽文化企业研究会理事，淮北市诗词学会理事，濉溪县诗词学会会长助理。出版诗集《初心流韵》、《参悟斋吟草》两部，曾任《中华圣母》、《杏谷放歌》诗集编委。

梁永坚/诗三首

悼李文亮医生

忠心却被无情碎，埋骨青山亦守真。
拂去楚天黎庶泪，呼吁扁鹊剖吾身。

礼赞党员防疫卡点

城邑乡场卡点设，竞相轮值党员多。
为防病毒传新例，何计冰天雪地磨。

咏基层一线抗疫工作者

江城瘟疫横，举国布连环。
干部宵轮值，先锋昼当班。
雪飞仍笑脸，风吼稳如山。
众志擒妖孽，朝晖不日还。

【230】

王继兴，男（1965—）网名：牧童，沂蒙山人。自由文学创作者，作品散见于网络平台、诗选集等。

王继兴/诗三首

致钟南山院士

疫瘴弥漫暗楚荆，黄鹤哀泣失悲声。
谁言医者难护国，钟老冒死于将倾。

悼文亮医生

龙脉兴盛赖勇士，国祚绵久托忠良。
李君陨如大星落，江城遍闻侠骨香。

柳庙招魂

古柏森森上摩云，老栗苍苍下拂塵。
常憾吾身少静气，柳毅庙前述招魂。

【231】

王多利，男（1952—）山东青州人。从事农学，林学40多年。发表农学论十二篇，国家级林学论文8篇。是"农艺师职称"潍坊市专家协会会员。高级园林园艺师。潍坊市农村实用人才称号，青州作家协会会员。有诗歌被《草根诗集》收录。

王多利/诗二首

迎春

老瘦坚强心刚硬，抨风抗雨良知明。
现有余辉勿荒费，倾掏百色描春城。

探春花

送走寒风锦尾翘，迎来暖雨艳姿娇。
独依窗前万千绪，多留遐想任你掏。

冯开敏，女（1968—）天津蓟州人。业余爱好文学诗歌，作品散见于网络平台、诗选集等。

冯开敏/诗二首

赞荷

粉黛少女含羞笑，翩翩起舞映碧池。
出生淤泥污不染，廉而不妖美名扬。

全民抗疫

北风吹雪雪飘零，路上行人欲断魂。
熟人咫尺无相问，只为遵从抗疫情。

鲁义刚，男（1964—）汉族，河南省罗山县人。大学文化，资深律师，供职于河南天风律师事务所。诗词散文爱好者，作品散见网络平台。

鲁义刚/诗二首

郊游有感

春风梳柳何须胆，万紫千红尽我染。
放眼昔日穷壤貌，神州处处桃花源。

送瘟神

二零一八我最衰，多年无病现登台。
四月好友腾空去，午初慈母鹤驾来。
睡病伤得仲永傻，糖尿泄尽诸葛才。
眼看狗岁终将尽，纸舟明蜡送魔霾。

汤锡红，男（1971—）网名：木化石，贵州省安顺市人。1987年高中毕业，1991年12月到中航集团贵州云马飞机制造厂、二车间参加工作。1996年12月由云马飞机制造厂 二车间，派到贵州省黄果树天星桥 索道站工作，2019年5月正式调到黄果树旅游集团股份有限公司为员工。

象棋博弈

文/汤锡红

不要总认为
——自己很行
其实 你只是棋盘上的一颗棋子
随时可以把你弃掉

有时 为了赢棋
既使是老帅 也得出力 御驾亲征

当然 也得学会审时度势
关键时刻 各退一步 握手言和
否则 你连握手言和的机会都没有

既使你是一颗小卒
只要你敢往前冲 得到其他子力的配合
也能擒王

【235】

秦一，男（1962—）本名：秦毅，生于新疆，籍贯：陕西大荔人。系中国诗歌学会会员，新疆作家协会会员、乌鲁木齐市作家协会理事，乌鲁木齐市水磨沟区作家协会副主席。1983年入伍，2007年从武警新疆总队退役。作品散见《散文诗》、《绿风》诗刊，及《西部》、《天山》、《绿洲》、《青海湖》、《中国诗歌》等杂志报刊网络平台。有诗歌入选《中国实力诗人诗选·2017年卷》、《新时代诗典·中国优秀诗人作品集》、《中国精美诗歌选》、《创世纪诗典·中国当代诗歌选集》、《2018诗歌年鉴·中国当代诗人作品选》。著有个人诗集《在那并不遥远的地方》、《向一座高原行注目礼》。

大抵在草原的位置

文/秦一

在草原 惯常的动作是纵驰
牛羊披着华服
无一例外地
传染到了雪山脚下
大抵在草原的位置
迎面而来的潮水
默不作声的牛羊
吃草的声音绵延几公里
总能望见毡房
荫凉整个下午
有一千个晨昏 上天眷顾的草甸
一生一世被用来憧憬
望眼欲穿的天堂
最能驰骋的牧人
承继的不仅仅是荣光
从牧人举起马鞭的那一刻
被羊群养大的草甸
便有了一种碧草连天的想法

【236】

邱锋，男（1941—）生于江西兴国县。中国老年报发起创办人之一，民政部书画协会会员，退休司厅级干部。中国老子文化研究院院长。中国毛泽东研究院常务副院长兼书画院院长、中国毛泽东书法文化联谊会副会长、中国周恩来研究会副会长。历史学、老年学学者、诗词书法爱好者。从中学起写诗，至今已有千首，蒙中宣部原副部长、著名诗人贺敬之题笺《邱锋诗词选》。自幼爱用毛笔，60年代初练书谱，喜临毛泽东书法，作品经常入选各种书法汇集、辞典、传播录。是中国老年书画研究会创作研究员，世界书画家协会加拿大总会顾问。首届书法家协会主席舒同题赠"业精於勤"条幅。2004年举办个展十天，由沈鹏题名《邱锋学习毛泽东诗词书法作品展》，2007年10月在永福国际养生节办《福寿书法展》。书法由文化部文化市场发展中心艺术品评估委员会评估。浙江诸暨收藏家用石刻他两幅作品，临海旅游村用巨石刻了他两幅作品。近二十年来，乐此不疲，参与无数次书画活动，作品入选二十多部作品集。

邱锋/诗词二首

水仙子·忆幼年山居

大嶺常青满松杉，日落竹林闻啼鸦。数间瓦房巨松下。长幼靠农家。

父母亲自种稻茶，亲友到有飯菜，外客来多聊誇。心乐无涯。

浪淘沙·庚子正月
——步欧阳修原韵

关门避寒风，屏住笑容。雨雪交加京城中。移到平时散步处，难觅芳丛。

疫来苦匆匆，悔恨无穷。抗过非典岂忘痛。但愿来日花更好，盼与君同。

【237】

胥镇生，男（1968—）河南鄢陵人。许昌市诗词协会会员。热爱文学创作，曾用名华胥子，許之道緣，大漠旱龍，寻愁上人，幽兰室苦主等。

胥镇生/诗二首

阻击疫魔攻坚战

憨猪己亥交接慢，子鼠急来惊几番。三镇疫情烟乍起，九边心宇手相牵。贪食野味今当醒，敬畏生灵古亦然。众志铜墙功必破，群山助力现青天。

逸心山居

山家水畔岩成子，云友花朋木下屋。饮露观天闲望景，抚琴伴鸟酒吟出。

【238】

刘杏丽，女（1974—）笔名：大月亮，湖南安乡县安全乡槐树村二组人。湖南省安乡县黄山头镇教师。中师学历，曾下海游历，自学大学课程。2011年自费出版诗集《玉女心经》，短诗《疯子》上过《诗刊》，2015年获得县首届青年文学奖，2017年获得中国作协主办的首届诗酒文化大会优秀奖。编写诗歌教材，在镇政府讲授诗歌课，协助镇里摘得"中华诗词之乡"桂冠。有长篇诗歌《悼安员》，即将付梓，现每月在筹办"大月亮"诗歌奖。

《疯子》

作者：大月亮

小时候
看见疯子
总要跟在他们后面走一段
我很奇怪
他们疯了
怎么还能活下去
现在
我看见疯子
仍然要跟在他们身后走一段
我在学习
像他们一样
活下去……

【239】

秦绪言，男（1962—）山东省日照市五莲县人。1978年参加工作，任乡村民办教师，同年考入山东煤炭教育学院。1981年毕业后任教高中英语，一级教师。1988年考入曲阜师范大学高师函授英语本科班，1991年毕业，被评为优秀学员，获文学学士学位。1993年调入日照市东港区旅游局，历任科员、副局长，后从事招商、旅游景区经营管理等工作。2003年开始业余诗词创作，发表作品，并多次获奖。系中华诗词学会会员，山东诗词学会会员，日照市作家协会会员，日照诗词学会副会长。

秦绪言/诗三首

新型冠状病毒感染肺炎疫情
——全民抗击

梅开腊月大年临，难料魔毒入汉门。
党政军民防猛兽，白衣天使战瘟神。
铿锵话语真博爱，果敢言行最可亲。
众志成城赢疫仗，中华大地艳阳春。

大青山

松涛云海大青山，鸟语花香碧水潺。
八卦太极邀远客，中华神韵五洲传。

庚子元宵

庚子元宵望夜空，花灯满月似相同。
云开雾散冬将尽，春暖花开万里红。

【241】

梁仁军，男（1963—）山东省威海荣
成市人。从事建筑设计工作。热爱文化诗
歌，作品散见报纸及网络平台。

【240】

黄涛，男（2000—）广西河池东兰县
泗孟乡生满村人。热爱诗歌创作，婉约派
风格。是现代"诗人乐园"文学成员。

冬天的风您能慢慢的吹吗

文/梁仁军

是风吹灭了母亲苍老而呆滞的目光
在她下葬的那一刻
泪水淋湿了我生活的希望
黯淡
路在何方
风能告诉我吗
幸福的日子定格在昨日的相册
风依旧吹
却吹不落对母亲的眷恋
当又一个冬季来临的时候
风把我送入半百的殿堂
可我依旧像婴儿般迷恋着她那温暖的
翅膀
天堂那边好吗
也许那里不再有风
不会吹灭希望的烛光
妈妈
这一刻
您一定感受到了儿子思念您的惆怅
窖藏收获的时候
不都是幸福
因为不再有母亲在身旁
风 还我母亲吧
至少不再让我的亲人受伤

新年感悟

文/黄涛

在万家灯火通明间
时针指向新的起点
腾空绚烂彩焰
迷离朦胧轻烟
夜空中散落的碎片
是烟花绽放的瞬间
那被遗忘之岁月
与被忽略之流年
于寒冬过后长眠
我交织的思念
在这繁华梦幻之界
命运不允许留恋
心意也无法相连
只剩下悲伤愁颜

冬天的风 您能慢慢的吹吗

【242】

邹勇华，男（1985—）汉族，出生于红色故里江西。记者、知名文化编辑，诗人乐园成员。

邹勇华/五绝（外新诗一首）

思心

独当千古错，冷漠自逍遥。
累在红尘事，不如隐市中。

空望

听雨声
——粒粒坠下
犹如音乐的律动般美妙动听
细雨绵绵洗尽世间哀尘
滋润事事万物
犹如洗礼心尘累痕

观雨落 一片苍茫
犹如丝丝入扣
不曾断裂
夜深雨落醉意眠
浮心虽动情意连
缠绵细雨惹人闲
——目目夜色刻心间

【243】

杨永昌，男（1938—）汉族，重庆市万州区人。中国农工民主党党员，重庆市文艺评论家协会会员，重庆市诗词学会会员。1955年初中毕业即参加工作，先后担任宣传员，电影小队长。1958年9月起直至1998年5月退休，一直在万州区电影公司工作，历任修理员、技检员、宣传科负责人、技术科副科长、放管科长、放管培训科长、市场科长。助理工程师、工程师、高级工程师。上世纪60年代有诗、文在《大众电影》、《四川日报》发表。近年有诗作入选《当代中华诗词库》、《历代诗词咏万州》、《草根诗集》等书刊，2019年荣获草根文学诗歌奖。

杨永昌/疫情诗一首

哀悼仁医夏思思

风华正茂夏思思，殉志医场战疫时。
历险冲锋生与死，留观抗病友兼师。
白衣天使春风沐，赤胆忠心雨露滋。
挥泪国人同悼念，英魂贯日普天知。

【注】夏思思，在战疫中感染牺牲的武汉医生。时年29岁。已被授予抗疫巾帼英雄、追认为三八红旗手。

【244】

刘玉利，男（1965—）网名：墨申，辽宁葫芦岛市兴城人。热爱诗词写作和书法研习，作品散见于网络平台。

防护服上的字（外一首）

文/刘玉利

厚重的防护服
白衣天使的生命线
抗疫战场最美战袍
容貌挡住
却挡不住奋力忙碌的身影
名字记不住
却记住冲锋陷阵的脚步
期许简短
却拉近与亲人病人的距离
防护服上的字
虽戳心但暖人
那是美丽心灵的标注
那是舍身报国的情怀
那是荆楚人民的祝福

与武汉同在
——武汉加油

支支医疗队神兵天降
驰援快速
73岁李兰娟院士
宝刀不老
专为危重症患救护

"不达目的不撤兵"的豪情
是插在战场的定海神针
叫疫魔连连退步
重担
一起担住
风雨
一同共赴
武汉坚强
中国永不服输

【245】

刘艳芹，女（1971—）笔名如烟，河北廊坊人。供职于河北省固安县行政审批局。系中国诗歌学会会员，河北省作家协会会员，河北名人名企文学院院士，《当代先锋文学》驻站作家（诗人）、总编，"中国当代文学最杰出作家排行榜"第二名获奖者，《当代先锋文学（2019秋冬卷）》头条诗人，《当代先锋文学》2019年度"最佳创作奖"获奖者。作品散见于《当代先锋文学》、《廊坊文学》、《鲁南作家》，河北文学之声等全国性期刊及网络微信平台，著有个人诗集《陌上春几行》。

五月倾城，我爱

文/刘艳芹

窗外停着一只灰色的麻雀
安静得像这个季节的梦
一触即飞

其实
春天还未走远
紫丁香依旧住在街心花园
在这万物馥郁的人间
我允许一颗甚至漫山的石头开花
我赞美，遍野杜鹃
也允许果核吐出秋天的箴言
风从草原吹到戈壁
再由原路吹回
一万个隐喻不及你的山河阵阵
今夜
我们互相挥手致意
五月倾城，由南向北
我爱，大地一生辽阔
半世葱茏

我终于舒展开来，退去了光秃

我是一棵春天的树
默默地等待春风吹拂
伴着行色匆匆的人们
来来往往，走向归家的路

我是一棵春天的树
静静地等待花团锦簇
踏青的人们摆拍留影
簇拥着，在我的身旁停留驻足

我是一棵春天的树
也许你赞叹，也许你从未关注
我只是悄悄地融入这满园春色
微笑着，与美丽的世界同步

【246】

刘瑞光，女（1981—）汉族，湖北襄阳人，现定居上海。华中师范大学文学学士、华东师范大学文学硕士，任职于上海交大教育集团高净值研究院，业余兼任上海"桃源诗社"社长。喜欢阅读、旅行、写诗，出版有《刘瑞光短诗选》，作品散见于网络平台。

我是一棵春天的树

文/刘瑞光

我是一棵春天的树
慢慢地随着万物复苏
经历了一季的风雪洗礼

【247】

郭巍，男（1962—）生于江苏连云港市。1979—1986年就读于北京大学法律系，与著名诗人海子、陈陟云是大学同学和诗友。曾经做过法官、政府政策研究人员、外经贸官员。现在北京从事国际投资和技术合作。诗歌散见于报刊和网络，诗集有《燕园三叶集》（合著）、《老踏的诗》等。

秋色（外二首）

文/郭巍

多么成熟的秋色

丰盈的魅惑倾倒一个季节
冷艳的花朵如火
焚灭一世繁荣
那一片霜叶是上扬的眉
微微一笑，胜过万千芳华
岁月在此刻阴阳交错
悲喜已是过往
我们站在风中的十里长亭
含泪的相逢连着惜别
水流向云，路越过山
走的远一些，更多的时令
像秋山一样美好
瓜果丰收，四野牧歌

地中海

这只杯子，凯撒的杯子
盛满血红的烈酒
豪饮的罗马热血沸腾
这面镜子，属于
可列奥帕特拉的镜子
藏着万里河山，风情万种
地中海，众神的情人
嗜血而奢靡的女神
多少英雄死于你的美色
他们埋骨何处
你允诺的是哪一条河流
你的歌声陷落了哪一座城
凯撒的归凯撒，神的归神
岁月向前，没有伤痛
你的岸上花开，草木葱茏
断垣之上，往事如风

切·格瓦拉
——纪念切·格瓦拉遇害五十年

抛弃了富裕的日子
怀揣起千万穷人的梦想
把最后的十美元
捐给了乞丐，捐给了远方
从哪一天开始
切·格瓦拉
面对遍地的黄金
一无所有，独自反抗
从权力的中心出走
背一支步枪走进丛林
坚守灵魂的干净
坚持给世界一个希望
切·格瓦拉
没有马匹，没有食粮
向无边的压迫冲锋
血战到底，宁死不降
切·格瓦拉
一个冥顽不化的圣徒
让压迫者恐惧
让叛逆的青春痴狂
他想着温暖一世的薄凉
把自己绑在了愚蠢的村庄

【248】

李开明，男（1983—）湖南衡阳人。国学高级文化传承师。系湖南（省直）明祥酒类贸易有限公司，湖南旭日东升文化礼品贸易有限公司法人，北京信德文化传播有限公司合作伙伴，湖南粮者俱乐部创

始人之一，主要从事各类酒文化品鉴活
动、策划与组织。

李开明/七言绝句二首

古树阴中系牵牛

古树院花系牵牛，轻舟渡我过河东。
山色欲晴潇湘雨，坐看雲起南来风。

春江花月夜

春风万里烟雨中，晨雨初听芙蓉国。
山河無恙圆月夜，花开時分又逢君。

【249】字

宋顺吉，男（1965—）网名：金言，
原籍黑龙江省讷河市，居吉林省四平市。
转业军官，现是抗疫和扶贫一线干部。爱
好摄影、户外运动等，曾在《中国社会
报》、《中国国防报》、《前进报》、
《吉林日报》、《城市晚报》、《四平日
报》、《文学之春》、《民情》等纸媒杂
志发表过作品。

风景这边独好
——赞战疫中的退伍军人

文/宋顺吉

在抗疫的阻击战中
有这样的风景独好
不知你可否看见

不论是你走过哪个疫情检查点
也不论你路遇哪支巡逻队
亦或在城里还是乡村

凡有疫情防控任务的人群里
就能看见一些人的着装
有绿色蓝色迷彩色
虽然样式颜色面料不同
但是这身御寒的衣服却有着统一的名

那就叫军大衣
而视大衣为战袍的"大衣哥"们
就是战疫中的退伍军人

在这场没有硝烟的战疫里
无论是什么时候退役的军人
都视疫情为命令

在检查点上
如手持钢枪的士兵
驻立寒风意志如钢
在巡逻的路上
如当年战备执勤
心里装着党
把责任扛在肩上

不管连续奋战多少个日夜
都铁骨铮铮热血满腔

若有战
召必回
胸前阻新冠
身后护民安
这就是战疫中的退伍军人
是这个春天里最靓丽的风景

阳光晦涩
迎春营养不良
而我
站在窗前
凝视春天的到来
寒冷越来越单薄
而我心明白
那些低沉的云
默默祈福着
一切会过去

【250】

焦旭艳，女（1979—）宁夏盐池人。系宁夏作家协会会员。诗作发表在《蕾鸣诗刊》、《华语诗典藏》、《汉诗》、《麦风诗刊》、《中国诗影响》、《中国乡村诗选编》、《中国当代诗人》、《草根诗集》等，2019年荣获草根文学诗歌奖。

一切都会过去

文/焦旭艳

一切都将过去
就像昨天的风
吹过窗前的影子
楼阁的雪痕
雪融出水滴
滴在地面上
花儿是否已绽
思念今年的春天
这场雪让

【251】

尹德权，男（1986—）贵州省毕节市威宁县哲觉镇竹坪村人。2003年9月就读于武警指挥学院贵阳分院，2006年7月毕业。热爱文学创作，现是诗人乐园成员。

尹德权/七言绝句二首

忆少年

少年求学欲望强，赤脚补丁上课堂。
刻苦努力求功名，忆起往昔仍悲伤！

异乡思

独自行走异乡路，处处皆是相思苦。
若是家乡有发展，谁愿他乡来吃苦。

【252】

张良蓉，女（1961—）四川省达州市大竹县和平街人。系四川省大竹县职业中学英语教师(高级教师)。喜爱国学传统文化、诗词，作品散见于网络平台。

张良蓉/诗二首

勇抗疫情

武汉疫情突暴发，全国蔓延势头大。
主席命令一声下，八方医护齐出发。
医学泰斗忙研发，对抗新冠有妙法。
全国人民齐努力，中国抗疫开奇葩！

夜·圆明园

湖上泛轻舟，恋人轻漫游。
荷花羞涩开，满园静幽幽。

【253】

陈智武，男（1970—）汉族，江西上饶人。曾任中核七一三矿机关团支部书记、青工部常务副部长、成都新大地汽车有限公司财务经理、金旅集团稽核部经理，现任上饶市道文化研究会秘书长、上饶市国际象棋协会副主席、上饶市爱心公益服务中心宣传部部长。会计学学士学位，能量上医学硕士，注册纳税筹划师，注册理财

规划师，高级易理养生师；2009年跟随国学大师曾仕强教授学习《中国式管理》《易经的奥秘》等，其文章多次发表在良心网，中国式管理刊物，2013年一篇文章发表在中华易经文化研究会专刊。中国财务管理协会2014年12月2日在北京人民大会堂成立，代表江西会员（五个名额）参加并成为创始会员，享受终身个人会员免费待遇；2018年在千聊直播间主讲《浅谈中华文化的奥秘》以及《如何过好日子》等等，在挖掘中华文化内涵方面有其独特的研究并对儒释道精神有其深层理解。

陈智武/诗二首

战胜新病毒

疫情期间做宅男，听党指挥排万难。
出门记住带口罩，中华儿女真不凡。
勤练站桩能驱寒，在家学习下棋玩。
正心正念好心态，喜笑颜开凯旋还。

育德人间

天地之间孕育人，心中有德能自安。
茫然杳杳心何在，厚道之家美如憨。

【254】

阿三子，男（1966—）原名：林新锻，福建大田广平人。曾用笔名阿三、雁

儿等，是中国小诗协会会员。中学开始发表作品。2013年入网《诗三明》，诗歌散见报刊及网络平台。

大寒（外一首）

文/阿三子

今日大寒，一改连日淅沥愁雨的天气
放晴了。当然还有我回家过年的好心情
我知道，大寒过后，春天的脚步近了
几日雾霾，网名珍惜现有的友人
一直在两三两酒中回忆故人的五十二度

而我也在滴酒未进中醉了一回又一回
今冬少雨，山里几近干枯沦陷
几只蛰居的冬笋留不住修竹的青翠
一地匍匐的人字也在做最后的坚持
今年暖冬，不敢期许一场纷纷扬扬的雪

请不要责怪今日大雪依然不见雪
君不见，有关雪的吟唱已纷扬大江南北

节气说来就来说走就走，容不得等待
故人也是，修竹也是，偶然一现的雪也是
而轮回却是亘古不变的主题
生命如此，万物如此，难遇的大雪也如此

原谅我，苍白的诗句
——写给女大学生吴花燕

鲜红的辣椒就饭，那是湖南人的滋味
而你不是，你是高原屋脊的儿女
二百元的低保金撕裂你贫穷的心肺
直面父母相继的离去，改变不了你扶持着多病弟弟的初心
一百三十五厘米的身高支撑二十多公斤的躯体
二十四年的岁月圆满不了你大学生的未来
身患绝症依然割舍不了弟弟唯一的亲情

撒手人间，坚持不了你最后的坚强
最终化为一缕幽怨留与世人审读
原谅我诗句的苍白，无力越过千山万水

此时任何的悼词也无法弥补对你的亏欠

唯愿你在天堂吃饱睡好延续你的诗与远方

【255】

李景富，男（1987—）土家族，湖北省咸丰县小村乡人。热爱国学传统文化，诗作散见于网络，现是诗人乐园成员。

李景富/诗二首

民心战疫情

山水悠悠硒都情，茶世烟雨小村渠。

疫情犹如阴阳镜，隔离人来不隔心。

携手抗疫毒

鄂狼伴归途，守望故乡中。
疫情虽来临，但众无惧之。
携手同抵抗，大爱无疆兮。
世界大同路，唯我中华情。

【256】

李汉，男（1980—）笔名木仁，河南
南阳人，定居郑州。汉语言文学专业，热
爱创作，中国诗歌网蓝V认证诗人，05年开
始发表作品，诗歌散见于《东京文学》、
《华夏诗刊》及报刊杂志网络平台。

三月
——纪念海子

文/李汉

当我痛苦地站在你的面前
你不能说我一无所有
你不能说我两手空空

三月
多情的季节
是一把锁
硬硬的
神秘

三月
是你的节日
我们永远和你在一起
为你举杯，为你放歌
默不做声

三月
春暖花开
像个孩子
幸福的孩子
自由快乐的孩子

三月
送你回家
妈妈的心事密密麻麻
高高的麦垛，蔬菜和牛马
无处安放

三月
不太好说
悲伤的三月啊
何时才能结束你的漂泊
给个结果

三月
我们写诗我们放歌
我们用爱心
给你砌房子，一所
面朝大海……

三月
一切都会有结果

【257】

姚明宏，男〔1965—〕又名姚良峰，网名华夏，自号青隐居士。生于安徽省宣城市宣州区洪林镇大姚村。中华诗词学会会员，安徽省诗词协会农民诗词工作委员会会员，宛陵诗词学会会员，乡土文学社会员，诗刊《南亩吟风》编委。中共党员，安徽省宣城市宣州区洪林中心初中语文高级教师。中国语文报社特约通讯员，曾在语文报发表短文六篇；《宣城教育》刊载论文一篇，参加市区级论文评比获奖多次。喜爱古诗词，先后撰写古诗词及游记散文等400余首篇。诗文发表在《江南新韵》、《九州西楼文苑》、《西江月格律诗词社》、《乡土文学社文友文苑》、《宣城论坛》、《宣城社区论坛》等。

姚明宏/诗三首

上网课感怀

瘴疠横行祸楚城，波殃临域不安平。
市皆空巷人无迹，乡却关门念有莺。
学必触屏温故识，教须上网授新声。
亟希绽放春英蕊，瘟疫祛除再远征。

千年古村·大姚村

徽香古宅踞深巅，翠竹青松傍舜泉。
拔贡桥横红日耀，月湾水印碧滩连。
万春曲拱承邹韵，千载幽堂育鲁贤。

华夏而今逢盛世，欣瞻胜景更无前。

登谢朓楼怀古

登阁览琼瑶，安然万物萧。
玉枝梅雪映，明镜水云迢。
小谢诗魂在，青莲气骨昭。
临风歌一曲，倾意唤春潮。

【258】

芙蓉，女〔1959—〕本名王厚荣，出生山东临沂，现居北京。系《中国诗》签约诗人，北大荒作家协会会员，中国诗歌网络成员。《远东诗歌》编辑。诗歌合集《军旗飘扬》、《旗袍颂》、《莫斯科的郊外》、《报告祖国！我在这里！》、《大国气象》、《大国战"疫"——向空城！致敬！》，百余首诗散见《北大荒日报》、《军休之友》、《江柳文学》、《长江日报》、《世界诗歌》、《远东文学》、《词坛》等报刊杂志及网络平台。荣获中国诗歌奖。北京实力诗人奖。世界诗歌最美诗文奖等。

新中国从这里走来（组诗）

文/芙蓉

一

出发

无边的沉默
雨在狂风中颤抖
泪水 雨水难已分清
一次次举起挥动的手
呐喊声藏在心中

在沉默中，告别
二万五千里长路
从这一刻起程
谁曾想到
走过这条路的，不是双脚，而是生命
一棵棵红星，标定在雪山、草地、大
渡河、金沙江
成为从胜利走向胜利的路标

二

雪山
六月里，雪山还是雪山
它叠立在面前　　　　　　　　　　　落
人仿佛失去了高度

队伍，在雪山上爬行
雪花在狂风中横扫
拍打着战士们单溥的身影
寒冷、饥饿、疲惫、喘息声在风雪
中淹没
血在沸腾中凝固
雪山多了
举着信仰的党证
比生命更加珍贵
他们留下了
和雪山一起

等待着
等待着飘扬的红旗在浩荡的春风中

三

泸定桥
没有一座桥，能像你这样
以勇敢的姿态活在世间
几根冷冷的铁索链
曾在这里帮助着红军
等待红军的还有对岸黑洞洞的枪口
无法逃跑
无处躲藏
只能以匍匐的姿态前行
听不到大渡河的涛声
只有炮弹的呼啸声
心中只有一个念头
过——桥
中弹、死亡、血水向波涛里不停的坠

手
死死地攥住铁索链
眼睛火焰喷上对岸
前进！前进！再前进！
终于战胜了敌人

四

湘江
湘江，你还记得吗？
在那个寒冷的冬季
有一场突围

是一场惊天泣鬼的突围
五个昼夜啊？
有五万多名战士
那是五万多名战士啊？
血…洒…湘…江
血…染…湘…江…啊！
湘江呀湘江
你一定还记得
哪些衣衫褴褛的战士
那些红星闪闪下的脸庞——秀美、青
春的、粗糙的、沧桑的…

你无法忘记，无法忘记
是他们用鲜血和生命
让你成为永恒——

五

草地的风
一堆欲灭的篝火
一群疲惫不堪的士兵
在荒无边际的草地上
独行
没有敌人的阻挡
没有子弹的呼啸声
唯有风
轻轻地掠过
它像一只手
抚摸着草尖
战士们的头微微上扬
目光斜视上方
风
趁机灌满了他们的衣裳

马鬃和旗帜在风中飘扬
红军的梦
在风中回荡……

六

西柏坡
探寻一段足迹
撑起一块空地
棚前摆满一片片石头
究竟裹藏着怎样的神奇

一只只无形的雄鹰
用苍劲的翅膀搏击长空
在嘀嗒嘀嗒的奏鸣曲里
一道道电波穿越着横空
越过了高山峻岭
召唤着普天而降的神兵
判定了一个王朝的覆灭迎来了新中国
的诞生

【259】

王雪熠，女（1996—）江苏省盐城
市射阳县人。古筝十级。曾获"蝶恋花"
散文诗歌邀请赛优秀奖、"当代精英杯"
三等奖、"纸短情长"三行诗三等奖、剑
桥英语CEFR B2级、日本语等级能力考试
JLPT N2级。

力量（疫情期间）

文/王雪熠

恶魔抓住脆弱的人类把柄
摇晃人类的生命之树
天使劈开荆棘浑身带血降临人间
坚定眼神里流出的希望
是天使以血肉为代价的赠物
代替阳光渗透阴暗角落
未曾放弃，未曾屈服

语音通话流下的眼泪
穿进心脏，滴入泥土
开出血红的花祭奠崇高的灵魂
通宵不眠眼中朦胧的朝霞
是匍匐在上帝脚下的期盼
坠落人间未来的柔和光芒

柔弱的双手攥紧拳头
沉默的咆哮贯穿国土的经络
团结似海扑向燃烧的地狱
让阎王失去统治的方向
此力量，点化本应死者复生
随桃花的绽放，收获生命的香气

黄培正，男（1945—）网名山野村
人、地球村人，生于四川泸州叙永县。
成都中医学院毕业，主治医师，2005年退
休。工作之余，喜欢古典文学，尤喜格律
诗词。作品散见于网络平台。

黄培正/诗二首

祭李文亮医生

恶耗飞传举世哀，男儿含恨赴泉台。
曾将疫患真诚爆，竟当谣言训诫挨。
若使初时能警醒，何来今日漫天灾。
先生碧血苍生泪，化作迎春遍地开。

祭流沙河老师

寄情草木几诗篇，直坠尘埃廿二年。
最惜挥毫泼墨手，竟堪拉锯钉箱缘。
良知未被冰霜毁，风骨依还文苑先。
耄耋从容泉路去，永存典范耀人间。

朱国华，男（1949—）网昵称：包
藏宇宙，重庆市云阳县人。中国《诗刊》
子日诗社社员、重庆市诗词学会会员、云
阳县诗词楹联学会会员、云阳县作家协会
会员。在《诗刊》、《诗选刊》、《芒
种》、《鸭绿江》、《长江诗歌》、《人
民法院报》、《四川法制报》、《四川农
村报》、东南大学出版的《诗意人间》、
《中国爱情诗刊》、《世界文艺》、《世
界名人》、《草根诗集》等报刊杂志及媒
体上发表诗词。

朱国华/诗二首

歧阳茶道

野泉烟火白云间，聚饮香茶爱碧山。
满目青葱侵蜀道，一湾苍翠入秦关。
歧阳毓秀松风韵，石笋藏幽云水娴。
宿夜客来茶作酒，诗狂赤裸入人寰！

石笋河

浩渺烟云石笋河，活灵活现佛神多。
七仙沐浴清波里，三姐梳妆涧水沱。
怪木繁姿攀峭壁，奇花绰约绕嵯峨。
朦胧月色游船巧，鸾笛笙箫子夜歌。

【262】

庄辉，男（1955—）广东化州市人。中国诗歌学会、中华诗词学会、广东楹联学会、茂名市诗词楹联学会、广东省书协、茂名市作协会员。《52诗词文社》执行主编，《小草青青诗社》、《草叶读秋分社》主编，《中国网络诗歌年选2019》特约编委。诗文散见于《茂名日报》、《茂名晚报》、《诗刊》、《诗词》、《诗词百家》、《诗词月刊》、《参花》等纸刊与媒体平台。

妩媚的野花

文/庄辉

早已习惯
在泛滥的广袤度过
用寂寂开放阐释生命
自由无拘从容
终老一生
你姓"野"，没有名份
总在守望孱弱中
被叹息牵起

秉性淡泊了多少时日
你才用一显惊艳
去赌你的毕生妩媚
没有你
春天的斑斓
肯定折翅残缺
这一刻，你的心
是虚荣是慰藉
抑或冲动起几许傲慢？

不知何时
抵不过那场雷雨
直至玉容残落失色
你才恍然醒悟……

【263】

曾振华，男（1962—）湖南麻阳人。现供职湖南省怀化市气象局。网名：云飞扬或湘西渔夫郎。爱好书法诗歌文学，运今在国家、省、市主流报刊媒体及国内数家知名网络平台发表各类诗词文稿上千篇。其书法作品多次参加省、市书法展并获奖，部分作品已收录编入有关书籍中。系怀化市作家协会会员和怀化市书法家协会会员。

曾振华/疫情诗两首

中央统领抗击疫情

疫情迅猛致人亡，生命关天举国防。
全党动员从号令，毒魔指日见阎王。

大爱无疆

救死扶伤请战忙，驰援武汉灭魔王。
牺牲小我缘医德，防控成功爱无疆。

【264】

徐有亭，男（1968—）安徽霍邱县人。系中国诗歌学会会员、中国楹联学会会员、安徽省作协会员、六安市作家协会理事、六安市诗词楹联协会理事、副秘书长、霍邱县诗词学会会长、《蓼风》诗刊主编、《皖西日报》驻霍邱记者站站长，现已在《星星》诗刊、《诗歌月刊》、《火花》、《延河》诗歌特刊、《北方诗刊》、《安徽日报》、《中国环境报》、《长江诗歌》、《作家世界》、《中国

风》、《红崖》、《关东文苑》、《南飞雁》、《映山红》、《淠河》、《皖西日报》等报刊、杂志发表诗、词等文学作品500余〈首〉、篇，2016年"首届华语诗典藏十佳诗人·实力诗人"，有诗入选《中国百年诗人新诗精选》、《中国诗歌年选2018卷》、中国优秀诗歌精品集《世纪诗典》、《中国当代金牌诗人选》、《当代优秀华文文学作品选》、《诗谱》、《六安文学六十年》等选本，并多次在全国获奖。

让我们携手走进春天

文/徐有亭

雪已融化
冰已解冻
冬天姗然而去
让我们挽起手
一同走进
灿烂的春天

看小草已发芽
杨柳已吐绿
瞧鱼儿已戏水
燕子已北回
春风已唤醒大地
处处一片生机

让我们携起手来
走进春天的大地
整埫 施肥 播种 浇水

我们播种金秋的收获
我们播种炽热的爱情
我们播种美好的未来

【265】

于素华，女（1959—）汉族，生于
绥阳。退休干部，中共党员，大专学历，
贵州省诗词楹联学会会员、遵义市诗词楹
联学会会员、遵义市舞蹈家协会会员、绥
阳县诗歌学会理事、绥阳县诗词楹学会会
员。喜欢诗歌、散文、舞蹈。有作品在报
刊发表。

踏着先烈的足迹前进（外一首）

文/于素华

祖国七十华诞盛典
五星红旗
将再一次在天安门前升起
国旗护卫队
从人民英雄纪念碑出发
踏着先烈的足迹
在国旗杆下
将五星红旗高高升起

铿锵的步伐
钢铁的长城
每一步都翻江倒海
每一步都气振山河

坚定有力的步伐

从南昌、遵义、延安走来
从雪山草地、崇山峻岭走来
延着先烈的脚印
踏出新中国振兴崛起的气慨

这是世代不变的初心
这是中华腾飞的号角
红缨在手 气冲苍穹
接过先辈的旗帜
高高飘扬在中华大地

祖国 我爱您
——观看建国七十年阅兵有感

今天
是祖国七十岁生日
雄伟庄严的天安门广场
是欢乐的海洋
让全世界瞩目
让国人向往

"五星红旗迎风飘扬"
天籁般的童声歌唱
在天安门广场
回响

阅兵方阵步伐矫健
整齐划一
迈着铿锵有力的脚步
接受人民的检阅

祖国的钢铁长城
那一双双炯炯有神的眼睛

能刺破长空
把祖国装在胸中
把责任担在肩上

大国重器 鹰击长空
气势恢宏 所向披靡
告诉世界
中国不再懦弱
告诉人民
祖国是我们坚强的后盾

七十年从弱到强
七十年欣欣向荣
欢乐的人们
用最真情的方法
放飞喜悦的心情

坐在电视机前
激情澎湃 豪情满怀
幸福 豪迈
振撼 热爱
难以用语言表白
千言万语汇成一句
祖国 我爱您

【266】

郑长生，男（1956—）英文名 Johnson，旅美华人，生于江苏省常州市。工程师。1978年毕业于苏州丝绸工学院（现苏州大学纺织服装学院）后，留校任教。1984-1994年在江苏省纺织工业厅、江苏省丝绸进出口集团公司工作。1994

年移民去美国，2002获得美国永久居民身份，定居美国加利福尼亚州洛杉矶市。1985年在国家级杂志《丝绸》上发表了"真丝灰伤产生的基因初探分析"的科研文章。

郑长生/诗三首

丝路

一年一年又一年，丝绵锦帛身上衣。
文明丝路五千年，中华丝绸创世纪。
茫茫丝路长千里，古月驿站茧吐丝。
一带一路大战略，伟大复兴宏图启！

蚕豆花

蚕豆花开也争春，迎风含笑其自容。
疫情战役形势好，还待春光意更浓！

贺G20峰会在杭州召开

九月杭城喜事多，莲塘西子景色惑。
欢迎嘉宾四方来，G20盛会不落幕。

【267】

陈非凡，男（1965—）汉族，网名凡夫俗子，广东省阳西县人。系竹韵汉诗协会会员，广东中华诗词学会会员，《诗词世界》杂志签约诗人，广东春光诗社副社长。曾获第八届"祖国好"华语文学艺术大赛金奖，第十三届"天籁杯"中华诗词大赛金奖，首届源河杯诗联大赛一等奖，"文澜杯"全国诗词大赛优秀奖，2018年"四海杯"诗联书画邀请赛金奖。作品散见于《春光雅韵》、《竹韵清幽》、《竹韵诗词选》、《诗词世界》、《诗选刊》、《美塑》杂志、《少陵诗刊》、《中国当代格律诗选》及全国部分诗社微刊。

陈非凡/诗三首

迎春

瘟神不死却重来，欲乱人间撒祸灾。
千里仁心牵楚地，九州天使亮医才。
雪融泥下新芽出，药落方中笑脸开。
遥望红芳铺四野，春风拂袖过亭台。

春草

水润山间白雪融，嫩芽破土出青葱。
茫茫绿意荒原上，阵阵清芳暖日中。
四野为家安凤命，一心作嫁衬春红。
微身无欲相知少，识我坚孤只疾风。

出路

一枕寒居梦已空，歪诗落墨载飘篷。

常怀故土云追月，饱饮江湖雨共风。
三十年间缘不结，八千里外眼尤朦。
功名放下秋光暖，脚到山前路自通。

【268】

诸学之，男（1957—）江苏省常州市人。记者，研究员。南京财经大学、英国阿斯顿大学毕业。曾是CCTV栏目、品牌顾问。近年来创作了许多脍炙人口的歌曲，如：《思乡吟》、《人间处处充满阳光》、《想你的时候》等。

田野的希望

作者：诸学之、康婵玉

农田着上新装
油菜花，淡淡的清香
一番风韵
把冬的祈祷
画卷了春的天堂
微风荡漾
层层波浪
开满了思念啊
回忆着我们相遇的过往
笑声，陶醉了爱的芳香
细语，也陶醉了梦的谷仓

农田着上盛装
豌豆花，在昂首怒放
一抹风姿
把春的告白

指明我们的方向
金色向往
诗和远方
开满了心中的梦啊
越过障碍看到那片晴朗
脚步，踏出了梦的践行
心思，又在爱的长河徜徉

美丽田野
孕育希望
千帆，犹如人生沧桑
美丽田野
孕育希望
花儿，让我冲破路的迷茫
让我冲破路的迷茫

【269】

康婵玉，女（1979—）湖南省衡东县人。中国内地著名歌手，中国乐坛理事会运营总监，师从耿为华、潘晓军，有音乐著作版权多部并与中国大陆、台湾和美国等著名词曲作家合作，代表作有：《情留下》、《为我中华喝彩》、《一朵雪莲花》、《思乡吟》、《我在家乡等你》等。

我在家乡等你

作者：诸学之 、康婵玉

一个眼神，淹没离伤
你回眸的笑容，屏退了忧愁
让我们看到了爱的天使

在和疫情斗争中，灿烂阳光
百花等待春天开放
我也等你早日回家
让我们看到了爱的天使
在和疫情斗争中，灿烂阳光
让我们看到了爱的火焰
在伤残的身躯里，焕发希望
百花等待春天开放
我也等你早日回家乡

一个眼神，淹没离伤
把回眸的笑容，屏退了忧伤
让我们看到了爱的火焰
在伤残的躯体里，焕发希望
健康生机也有理想
无私的真情我们莫忘
让我们看到了爱的天使
在和疫情斗争中，灿烂阳光
让我们看到了爱的火焰
在伤残的身躯里，焕发希望
百花等待春天开放
我也等你早日回家乡

让我们看到了爱的天使
在和疫情斗争中，灿烂阳光
让我们看到了爱的火焰
在伤残的身躯里，焕发希望
百花等待春天开放
我也等你早日回家乡
等你早日回家乡

【270】

郭文华，男（1966—）中共党员，江苏省南通市如皋市九华镇人。现任徐州海洲船舶工程有限公司工会主席，主管安全，教育等工作。自幼喜欢文字，在《澄西船舶》、《方舟》、《江南晚报》、《如皋日报》及网络平台上发表作品。已出版个人散文集《文华录》。

油菜花的一生

文/郭文华

一丝春雨
一米阳光
一片金黄在枝头绽放
将一生的辉煌
托举在自己的肩上
供人们欣赏

编织一条丝巾
将灵魂植入金黄
使之富有生命
再揉进唐诗宋词
围在春天的脖子上

咀嚼 反刍
有春天的味道
更有中华五千年文化的气息

从头顶鹅黄的小姑娘
到身披霓裳的半老徐娘
如今 儿孙满堂
榨干最后一滴油
将自己的一生奉献给这片大地
奉献给朴实的老乡

【271】

鲁少华，男（1954—）笔名鲁莽，黑龙江省依安县人，祖籍四川广元。现为克山县诗词楹联家协会主席。教育局机关公务员退休，曾任克山县毛岸青纪念馆首任馆长。喜舞文弄墨，好音律器乐书法等，中国音乐家著作权协会会员。其歌曲作品曾发表于《21世纪中国优秀校园歌曲集》等，诗作散见于省内外网络平台。

鲁少华/七律诗三首

欢送克山援鄂医护

济世青囊救众艰，逆行岂惧恶凶顽。
别儿尽洒娘亲泪，驻足犹观父女颜。
壮士出征惟企胜，英雄赴楚欲攻关。
瘟魔送走神州定，美酒欢迎勇士还。

抗疫战士还家有感

罹灾过后沐和阳，喜上眉梢返故乡。
两岸春风搓柳细，一轮霁月送花香。
身临火线全无惧，梦念亲人早复康。
痛定长思家国事，心怀广厦矗新庄。

妇女节赠抗疫女英雄

铿锵步履震千闾，陷阵冲锋胜汉妤。
厚德临危传大爱，亲民救难秉当初。
白衣天使长城固，火线英雄疫魅除。
待到玫瑰香四溢，迎伊热吻莫踌躇。

【272】

郝天东，男（1996—）笔名凌恒，字新雨、仁轩，号新湖居士、又号怀阳子，山东泰安人。中共党员。热爱创作、书法和播音，作品散见于网络媒体、微平台及刊物。2019年在全国优秀论文评比大赛中荣获"一等奖"、在"当代精英杯"全国文学大赛中荣获"三等奖"、在当代文学领军人物大典评选活动中，荣获"当代诗歌领军人物"荣誉称号、在第二届中国当代知名诗人知名作家评选活动中，荣获"当代知名诗人"荣誉称号。其多篇代表作品已被纳入书籍，由国家级出版社出版。原创音乐作品《钢铁的战士 英雄的兵》记录在《词曲网》数据库。

黑夜之美

文/郝天东

晚风吹拂
晶莹剔透的流星驾一叶扁舟于眼眸划过
你的足迹遍及人间整个角落
多情的种子啊，狂狼的瀑布

黑夜，这座独立的建筑房屋
激情燃烧着
满载着黑色姑娘的喜悦与悲伤
还有万家灯火时的宁静与幸福

月亮透过黑夜进入我的窗
静静地依偎在我怀抱
散发出兰花的香
宛如温柔的处子，弥漫自然之美
远处断崖传来潺潺的流水声
放下手中的笔
紧紧抱住我的爱人
生命的青春
坐在黑夜编织的摇篮
飞向远方，飞向诗人的远方

晚风拂过
一阵清凉
品一杯香茗
万千思绪尘土飞扬

【273】

王志提，男（1979—）安徽人。江苏坤安贸易有限公司董事长。从小立志，提升自己。近年来，事业上有所建树，不仅在中国酒类创立了自己的品牌——吉将。还做了许多善举。有多部著作出版，《石榴和坤安的邂逅》一词获中国乐坛颁发的"企业作品金奖"。

善念酿成了一款酒

作者：王志提

谁助贤
石榴的心啊在思延
在风雨不安的期待中
有否一座养生花园
一点善念，一颗爱心
厚德之举，普惠人间
坤安，在晨曦乍起
坤安，又把丹若梦想实现
吉将情缘
即将把丹若的酒香
飘向人们的心间

谁助贤
丹若的心由酸到甜
承载天露丰满生命中
期待着心中梦圆
一滴善念，一片爱心
厚德之光，惠及人间
坤安，正日渐丰满
坤安，又把丹若初心还愿
吉将情缘
即将把丹若的酒香
飘向人们的心间
吉将情缘
即将把丹若的酒香
一曲心歌的飘远
让人知道丹若善念
吉将情缘
让人知道吉将也善念

【274】

董立生，男（1967—）北京人。热爱诗词文学书法。系全国名人书画艺术界联合会会员、中国楹联学会会员，北京中宣盛世国际书画院会员。诗词书画作品在各地诗社和纸刊发表并多次获奖。有诗作被《诗人乐园》诗集收录，2019年荣获"诗人乐园"文学奖。

董立生/诗三首

赞钟南山

耄耋之年志不渝，临危受命疫魔诛。
艺高胆细当机断，力挽狂澜大丈夫。

春早

东君入世燕莺夸，唤醒人间柳吐芽。
挑水农人劳作早，田园幼犬戏娇娃。

女人花

庚子春来晚，云遮日月光。
疫魔惊世界，病毒扰沧桑。
巾帼瘟情战，威名宇宙扬。
女人花吐艳，寰宇见芬芳。

【275】

程璎珞，女（1986—）原名程美月，黑龙江人，在北京工作。喜欢文学诗歌，作品散见于网络平台。现是诗人乐园成员。

风过故乡（短诗外一首）

文/程璎珞

风过故乡
绕过江南雨巷
绕过高岗的深秋
抵达我心里

牵起一枚长长的丝线
是扯不断的乡愁

母亲就坐在那里
父亲抽着烟
门前的老树唱着一首摇篮曲
我静静地回想

葬礼

今夜会不会死
死在星月满天的夜里
谁又会来参加葬礼
是风是雨还是你

灵魂等在时空交错里
想要把一个人代替

或许是忘记
如果不能忘记那就深深地埋葬

【276】

汪吉鹏，男（1964—）又名汪四青，安徽省池州市人。华中农大园林系进修，池州市树艺画专业委员会会长，池州市吉鹏树皮画艺术有限公司法人。中国堆积法树皮画第一人，全国名人书画艺术界联合会委员 。纪念改革开放四十周年文化自信艺术家代表人物。台湾华厦文创经贸协会荣誉会长，第五届中华传统文化高峰论坛名誉主席，曾获安徽省科技成果奖，树皮画中国合肥苗交会金奖，世界园艺博览会铜奖等，诗文散见于网络平台。

汪吉鹏/诗三首

醒春

叽叽鸟啼窗外音，长长河堤披绿茵。
漫漫桃花端美酒，痴痴今日向谁斟。
问问何祛霜打日，欣欣神州共朗明。

亮剑新一年

莫赞冬梅春斗艳，雪辱霜欺抗毒艰。
亮翅博击振风起，众志成城续新篇。

春耕

春染瘟疫压山低，田园不见耕作人。
宅家安得细裁出，唤醒布谷好开犁。

【277】

夏臣昂，男（1955—）湖北省通山县人。曾在通山当教师17年，后创办芳林文学社、《芳林》文学报，曾获"全国十大优秀社团奖"之首，来汉经商28年，创办天磊国际景观和湖北华磊园林公司，园林设计业务辐射各省市，施工多在湖北、武汉、河南等地，公司多次获得设计施工优质奖，公司曾获全国园林绿化界"十大品牌"奖，个人曾获全国园林绿化界"十大风云人物"奖。作词谱曲的公司歌《为了你，朋友》获湖北企业之歌大赛金奖。现是天磊国际联盟会长、湖北楚商联合会副会长、中华夏氏宗亲全球联谊会会长。

写在兰州至武汉的云霄之上

文/夏臣昂

在蓝天白云的大幕之下
是如海浪起伏的群山
在如浪群山的万仞之上
是如神仙飞翔的我们
孙悟空飞翔要翻筋斗
观世音的飞翔要足踏祥云
我们的飞翔
像在阳台闲坐

似窗口临风
这就是我们的天上人间
这就是我们的人生一瞬
我们上天下地
我们遁地入海
我们用这美好的机会
奉献眼下的世界
我们用这自由的时间
实现梦想的人生

【278】

武金轩，男（1959—）河南省洛阳市偃师市人。洛阳师范学院美术系毕业。系中国农民画研究会会员，偃师市画院秘书长，偃师市作协理事会理事，古风学会副会长，偃师市文化馆退休。

武金轩/诗二首

早春二月

塞北望枝丫，江南看桃花。
同是二月春，冷暖各偏差。
候鸟择日好，翻飞江山画。
徘徊三千里，分身两处家。

花甲吟

三顿家常饭，一身普通衣。
百姓中间走，千秋结发妻。

潇洒度花甲，坦然迎古稀。
少无名利病，老无得失疾。
醉有竹林结，醒有蓬莱意。
逍遥谢公屐，赋闲江郎笔。
心境如海平，何处见高低。
缥缈若浮云，往来一尘粒。

【279】

王彦德，男（1966—）河南省周口市商水县人。毕业于某军工院校。现担任惠创院文化事业部总经理兼惠创院服务公司副总经理。是确立达顾问集团高级顾问，惠创院学术委员会委员。有三十多年企业管理与企业咨询的实战经验。服务过的企业有军工、日企、台港资及民营企业。出版有《赢在执行：制造业精细化管理全案》一书。自小受中国传统文化的熏陶，一直不停地探寻中外文化的异同和人性的优缺点，诗文散见于报刊及网络平台。

短（外一首）

文/王彦德

一天很短，
短的来不及拥抱清晨，
却已经手握黄昏。
一年很短，
短的来不及吹完春天里的柳笛恋曲，
却已闻秋影里的断续蝉音。
一生很短，
短的来不及细问少年何为愁?

却已在喟叹：青丝变白发，天凉好个秋！

一切皆幻象，
劝君莫把功名利禄枷锁扛，
自古多少功名断送在温柔富贵乡?
不如趁着生命还健康，
珍惜缘分惜时光，
没人敢保证下次重逢是否还能遇得上！

此时此刻

此时此刻，
我行走在奔向远方的路上！
与太阳同步，
把温暖传向四面八方！
此时此刻，
耳边响起《大国崛起》的乐章！
我亮起嗓子，
把振兴中华的旋律唱响！
此时此刻，
我俯身在铺满蓝图的案头上！
挥豪泼墨，
诗意田园在我的眼前有模有样！
此时此刻，
我把志愿者的衣服穿在身上！
十字路口，
陪伴迷路者找到回家的方向！

【280】

唐君，女（1982—）南京人。系中

国首个书画IP歌曲主创，著名画家赵绍荣的合约经纪人。并在发行自己的歌曲《念念》。2019年受邀作为嘉宾出席中国时尚人物大典。世界夫人江苏片区选手。中国乐坛全球五一国际盛典沈阳片区决赛选手。中国网络作协会员，人人网副主编(挂)，网上电视台采编(挂)。

初夏（外一首）

文/唐君

一丝怡然
池塘里的荷花
遁着夏风的习习
寻觅时值的初夏
时光穿梭
相伴橘子花
淡然离别的脚步
嗅闻十里的芳香
蒹葭苍苍
夕阳夕下
绘一卷夜色暮暮

漫步云游
芍药清香
香扑于鼻
荷塘阶边
莲藕相连
白色的弯月
淅淅沥沥的小雨
裁一副月半弯
任岁月匆匆而逝

走在田子坊

作者：美美、北玄、汪小东、
陈博轩、唐君

走进田子坊弄堂里
门廊的弄堂散发古老的意味
蓝天顺着夕阳滑落在脸旁
斑斓的云彩是华丽的衣裳
露天咖啡座
夜莺般的歌声在荡漾
喔喔喔喔他们欢乐着
还有一支钢琴曲隐约在弹奏